可以
觸摸的
民國

侧影

我们病了怎么办

徐志摩 / 著

陕西人民出版社
陕西出版集团

图书在版编目（CIP）数据

我们病了怎么办／徐志摩著. ——西安：陕西人民出版社，2012

（可以触摸的民国）

ISBN 978 - 7 - 224 - 10300 - 7

Ⅰ. ①我… Ⅱ. ①徐… Ⅲ. ①散文集 - 中国 - 现代　Ⅳ. ①I266

中国版本图书馆 CIP 数据核字（2012）第 190472 号

我们病了怎么办

作　者	徐志摩
出版发行	陕西出版集团　陕西人民出版社
	（西安北大街 147 号　邮编：710003）
	发货联系电话（传真）：(010)88203378

印　刷	北京兴鹏印刷有限公司
开　本	700mm×1000mm　16 开　12.25 印张　126 千字
版　次	2012 年 9 月第 1 版　2012 年 9 月第 1 次印刷
书　号	ISBN 978 - 7 - 224 - 10300 - 7
定　价	28.00 元

编者的话

民国相关选题的出版，曾经是敏感的。那一度被僵化思维固锁住的，是太多面目模糊的身影。他们长袍马褂、旗袍绣履，那光影婆娑的身姿，一旦跃入脑际，就难再轻易离去。这也是近年来不管是影视还是图书，都出现了一股民国热的因缘。

有关民国的话题，似乎隐藏着一种魔力。那种潜游在净空深处的味道，从历史的不远处，静静地向我们移来。我们无法抵抗这种黑白质感的诱惑。然而，太多的民国是演绎的产品、是虚构的华章，民国真实的样子不应仅仅从名人、类名人的塑造中诞出，不应仅仅在华丽炫耀的镜头感里展示。民国绝不是"万恶的旧世界"，也不是"消失的亚特兰蒂斯"，她是我们的先人曾经在纠结中不断尝试和追索的第一次现代，是灿若星辰的文化人第一次放胆展示自我。同时，传统与现代的角力，保守与开放的争夺，西学与中学的通融，专制与民权的恶斗，极度的聪明和极度的愚蠢，极度的崇高和极度的可笑，都在这个时代充分表演，并给后人埋下了种子。所以我们的关注，不只是行注目礼，更是寻求还原，寻求真实，不管热血与极端，也不管沉郁与凉薄，这既是叙述对象的真实，也是原作者的真实。

《可以触摸的民国》系列丛书，我们计划分成几个子系列构建，目前即将出版的有：《可以触摸的民国·现场》《可以触摸的民国·侧影》《可以触摸的民国·细节》以及《可以触摸的民国·新学》。

《现场》板块，由南京财经大学的石钟扬教授执行主编，首选了四本："报界奇才"、中国新闻史上第一个专职记者黄远生的新闻文选；中国新闻教育与研究的先驱、"铁肩辣手"的杰出记者邵飘萍的新闻文选；"思想界明星"、五四新文化运动精神领袖陈独秀所主编

《新青年》《每周评论》中的新闻与时评选集；"五四三圣"之一、"再造文明"的设计师胡适的时评选。这四位报人（无论专职或兼职的）都是学者型的，都曾为民主为言论自由历尽艰辛，饱经磨难，透过这些依旧在燃烧的文字，可以触摸到他们滚烫的热血。

《侧影》板块，由我们编辑部操刀策划，编选民国著名学者、文人的文字，希冀觅得特殊视角，给读者一个陌生化的全新印象。譬如，傅斯年不仅是儒雅严谨的学者，我们编选的《现实政治》更展示出他对时事的敏感与睿智；徐志摩的《再来跑一趟野马》，集中其相关政论问题的文章，发现一个敏感政治、关心国家的徐志摩；朱自清的《人话》，选取他回忆性的散文篇目，串联起他的一生，搭建出朱自清的"忆之路"。

《细节》板块，则是结构别致的人物传记类原创性文本。回避宏大叙事的框架限制，省略过渡、延续的平淡，截取他（她）人生的一个个断面，或熠熠生辉，或苦痛难当，从一个个鲜活生动的细节出发，去触摸他们灵魂深处的颤抖，如《萧红的 100 个细节》《郭沫若的 30 个细节》等。

《新学》板块，作者皆为民国文史研究领域的青年学者，对民国的态度有其自成体系、自圆其说的创新，如《民国元年——历史与文学中的日常生活》，选取这样被反复述说的特殊年份，却回避了政治，只看那剧变之下惶惑迟缓而跃跃欲试的百姓生活，对当下社会现状亦不乏启迪。

因为民国版图书的出版年代所限，文字中不少具体的用法，比如其中《人话》一篇中"您少爷在那儿上学？"的"那儿"、《春晖的一月》一篇中"我最爱桥上的阑干"的"阑干"，又或者《买书》一篇中"不知那儿检来《文心雕龙》的名字"的"检"字等，在现在的汉语环境中已经有了不同的用法，但为了尊重民国时代的真实性，以及作者自主创作的主权性，我们没有进行任何擅改。脚注部分属选本中自有的，我们尊重并保留。为了更好地满足读者的阅读需要，编辑也针对具体的、可能有助读者理解的部分，增添了一部分注解。

　　作为编者，请允许我们向胡适、朱自清、徐志摩、傅斯年们致意。 让我们一起从他们的文字上感知陌生而久违的率真、趣味和正直，倾听他们告诉我们知识人应该怎样读书、怎样生活，怎样用自己的脑子思考形而上的问题。 无论侧影，还是正面，在煌煌民国的文化殿堂前，我们都该收敛起自己虚张的声势，勇于正视那逼人的光焰。我们撩拨出的民国文字中的独特味道，是想与读者分享先生们带给我们的温暖与感动。 请惠存我们的好意，同时宽恕我们的浅识。

目　录
CONTENTS

雨　后　虹

一九二二年八月十日,为追随林徽因,徐志摩结束英国剑桥大学皇家学院的研究生求学生涯启程回国。

一九二二年八月六日作;载一九二三年七月二十一日、二十三日、二十四日上海《时事新报》副刊《学灯》;一九八八年一月陕西人民出版社《徐志摩研究资料》存目。采自《学灯》。

　　我记得儿时在家塾中读书,最爱夏天的打阵。 塾前是一个方形铺石的"天井",其中有石砌的金鱼潭,周围杂生花草,几个积水的大缸,几盆应时的鲜花,——这是我们的"大花园"。 南边的夏天下午,蒸热得厉害,全靠傍晚一阵雷雨,来驱散暑气。 黄昏时满天星出,凉风透院,我常常袒胸跣足和姊嫂兄弟婢仆杂坐在门口"风头里"，随便谈笑，随便歌唱，算是绝大的快乐。 但在白天不论天热得连气都转不过来，可怜的"读书官官"们，还是照常临帖习字，高喊着"黄鸟黄鸟"，"不亦说乎"；虽则手里一把大蒲扇，不住地扇动，满须满腋的汗，依旧蒸炉似透发，先生亦还是照常抽他的大烟，哼他的"清平乐府"。 在这样烦溽的时候，对面四丈高白墙上的日影忽然隐息，清朗的天上忽然满布了乌云，花园里的水缸盆景，也沈静①暗澹②，仿佛等候什么重大的消息，书房里的光线也渐渐减淡，直到先生榻上那只③烟灯，原来只像一磷鬼火，大放光明，满屋子里的书桌，墙上的字画，天花板上挂的方玻璃灯，都像变了形，怪可怕的。 突然一股尖劲的凉风，穿透了重闷的空气，从窗外吹进房来，吹得我们毛骨悚然，满身腻烦的汗，几乎结冰，这感觉又痛快又难过；但我们那时的注意，却不在身体上，而在这凶兆所预告的大变，我们新学得的什么洪水泛滥、混沌、天翻地覆、皇天震怒等等字句，立刻在我们小脑子的内库里跳了出来，益发引起孩子们只望烟头起的本性。 我们在这阴迷的时刻，往往相顾悍然，热性放开，大噪狂读，身子也狂摇得连坐椅都碌格作响。

同时沈闷的雷声，已经在屋顶发作，再过几分钟，只听得庭心里石板上劈拍④有声，仿佛马蹄在那里踢踏；重复停了；又是一小阵沥沥⑤；如此作了几次阵势，临了紧接着坍天破地的一个或是几个霹雳——我们孩子早把耳朵堵住——扁豆大的雨块，就狠命狂倒下来，屋溜屋檐，屋顶，墙角里的碎碗破铁罐，一齐同情地反响；楼上婢仆争

---

① 沈静："沈"字现通用为"沉"，诸如沈默、阴沈、消沈、沈沈、沈溜、沈黑、沈寂、沈澈、沈醉、沈着、沈浸等。
② 暗澹：现通用为"暗淡"。
③ 只：现通用为"支"。
④ 劈拍：现通用为"噼啪"。
⑤ 沥沥：现通用为"淅淅"。

收晒件的慌张咒笑声关窗声；间壁小孩的欢叫；雷声不住地震吼；天井里的鱼潭小缸，早已像煮沸的小壶，在那里狂流溢——我们很替可怜的金鱼们担忧；那几盆嫩好的鲜花，也不住地狂颤；阴沟也来不及收吸这汤汤的流水，石天井顷刻名副其实，水一直满①出尺半了的阶沿，不好了！书房里的地平砖上都是水了！闪电像蛇似钻入室内，连先生肮脏的炕床都照得铄亮②；有时外面厅梁上住家的燕子，也进我们书房来避难，东扑西投，情形又可怜又可笑。

在这一团和糟之中，我们孩子反应的心理，却并不简单。第一我们当然觉得好玩，这里品林嘭朗、那里也品林嘭朗，原来又炎热又乏味的下午忽然变得这样异乎寻常地闹热③，小孩那一个④不欢迎。第二，天空一打阵，大家起劲看，起劲关窗户，起劲听，当然写字的阁笔⑤，念书的闭口，连先生(我们想)有时也觉得好玩！然而我记得我个人从前亲切的心理反应。仿佛猪八戒听得师父被女儿国招了亲，急着要散伙的心理。我希望那样半混沌的情形继续，电光永闪着，雨永倒着，水永没上阶沿，漏入室内，因此我们读书写字的责务也永远止歇！孩子们照例怕拘束，最爱自由，爱整天玩，最恨坐定读书，最厌这牢狱一般的书房——犹之猪八戒一腔野心，其实不愿意跟着穷师父取穷经整天只吃些穷斋。所以关入书房的孩子，没有一个心愿的，底里没有一个不想造反；就是思想没有连贯力，同时书房和牢房收敛野性的效力也逐渐进大，所以孩子们至多短期逃学，暗祝先生生瘟病，很少敢昌言从此不进书房的革命谈。但暑天的打阵，却符合了我们潜

---

① 满：现通用为"漫"。
② 铄亮："铄"字现通用为"烁"，诸如闪烁。
③ 闹热：现通用为"热闹"。
④ 那一个："那"字现通用为"哪"，诸如那里、那怕等。
⑤ 阁笔：现通用为"搁笔"。

伏的希冀，俄顷之间，天地变色，书房变色，有时连先生亦变色，无怪这聚锢的叛儿，这勉强修行的猪八戒，感觉到十二分的畅快，甚至盼望天从此再不要清明，雷雨从此再不要休止！

我生平最纯粹可贵的教育是得之于自然界，田野，森林，山谷，湖，草地，是我的课室；云彩的变幻，晚霞的绚烂，星月的隐现，田里的麦浪是我的功课；瀑吼，松涛，鸟语，雷声是我的教师，我的官觉是他们忠谨的学生，爱教的弟子。

大部分生命的觉悟，只是耳目的觉悟；我整整过了二十多年含糊生活，疑视疑听疑嗅疑觉的一个生物！我记得我十三岁那年初次发现我的眼是近视，第一副眼镜配好的时候，天已昏黑，那时我在泥城桥附近和一个朋友走路，我把眼镜试带①上去，仰头一望，异哉！好一个伟大蓝净不相熟的天，张着几千百只指光闪铄的神眼，一直穿过我眼镜眼睛直贯我灵府深处，我持永不得大声叫道，好天，今天才规复我眼睛的权利！

但眼镜虽好，只能助你看，而不能使你看；你若然不愿意来看，来认识，来享乐你的自然界，你就带十副二十副托立克、克立托②也是无效！

我到今日才再能大声叫道，"好天，今日才知道使用我生命的权利！"

我不抱歉"叫"得迟，我只怕配准了眼镜不知道"看"。

我方才记起小时在私塾里夏天打阵的往迹，我现在想记我二日前冒阵待虹的经验。

猫最好看的情形，是在春天下午她从地毡上午寐醒来，回头还想

---

① 带：现通用为"戴"。
② 托立克、克立托：眼镜的品牌。

伸懒腰，出去游玩，猛然看见五步之内，站着一只傲梗不参的野狗，她不禁大怒，把她二十个利爪一起尽性放开，搵紧在地毡上，把她的背无限地高控，像一个桥洞，尾巴旗杆似笔直竖起，满身的猫毛也满溢着她的义愤，她圆睁了她的黄睛，对准她的仇敌，从口鼻间哈出一声威吓。这是猫的怒，在旁边看她的人虽则很体谅她的发脾气，总觉得有趣可笑。我想我们站得远远地看人类的悲剧，有时也只觉得有趣可笑。我们在稳固的山楼上，看疾风暴雨，看牛羊牧童在雷震电飚①中飞奔躲避，也只觉得有趣可笑。

笑，柏格森说，纯粹是智慧的，示深切的同情感兴，不能同时并存。所以我们需要领会悲剧或深的情感——不论是事实或表现在文字里的——的意义，最简捷的方法是将我们自身和经验的对象同化，开振我们的同情力来替他设身处地。你体会伟大情感的程度愈高，你了解人道的范围亦愈广。我们对待自然界我以为也是如此。我们爱寻常上原，不如我们爱高山大水，爱市河庸沼，不如流涧大瀑，爱白日广天，不如朝彩晚霞，爱细雨微风，不如疾雷迅雨。

简言之，我们也爱自然界情感奋切的际会，他所行动的情绪，当然也不是平常庸汽②。

所以我十数年前私塾爱打阵，如今也还是爱打阵，不过这爱字意义不尽同就是。

有一天我正在房里看书，列兰(房东的小女孩，她每次见天象变迁总来报告我，我看见两个最富贵的落日，都是她的功劳)跑来说天快打阵了。我一看窗外果然完全矿灰色，一阵阵的灰在街心里卷起，路上的行人都急忙走着，天上已经叠好无数的雨饼，此等信号一动就下，

---

① 飚：现通用为"飙"。
② 庸汽：现通用为"庸气"。

我赶快穿了雨衣，外加我们的袍，戴上方帽，出门骑上自行车，飞快向我校赶去。一路雨点已经雹块似抛下。河边满树开花的栗树，曼陀罗，紫丁香，一齐俯首戢觫，专待恣暴，但他们芬芳的呼吸，却彻浃重实的空气，似乎向孟浪的狂且，乞情求免。

我到校门的时候，满天几乎漆黑，雷声已动，门房迎着笑道："呀，你到得真巧，再过一分钟，你准让阵雨漫透！"我笑答道，"我正为要漫透来的！"

我一口气跑到河边，四围估量了一下，觉得还是桥上的地位最好，我就去靠在桥栏上老等，我头顶正是那株靠河最大的橘树，对面是棵柳树，从柳丝里望见先华亚学院的一角，和我们著名教堂的后背（King's Chapel）①；两树的中间，正对校友居（Fellows' Building）的大部，中隔着百码见方齐整匀净葱翠的草庭。这是在我的右边。从柳树的左手望见亭亭倩倩三环洞的先华亚桥，她的妙景，整整地印在平静的康河里，河左岸的牧场上，依旧有几匹马几条黄白花牛在那里吃草，啮啮有声，完全不理会天时的变迁，只晓得勤拂着马鬃牛尾，驱逐愈很②的马蝇牛虫。此时天色虽则阴沉可怕，然我眼前绝美的一幅图画——绝色的建筑，庄严的寺角，绝色的绿草，绝色的河与桥，绝色的垂柳高桥③——只是一片异样恬静，绝不露仓皇形色。草地上有三两只小雀，时常地跳跃；平常高唱好画者黑雀却都住了口，大约伏在巢里看光景，只远处偶然的鸦啼，散沙似从半天里撒下。

记得，桥上有我站着。

来了！雷雨都到了猖獗的程度，只听见自然界一体的喧哗；雷是鼓，雨落草地是沈溜的弦声，雨落水面是急珠走盘声，雨落柳上是疏

---

① King's Chapel：国王小教堂。
② 很：现通用为"很"。
③ 此处疑"桥"字有误，或疑为"橘"。

郁的琴声，雨落桥栏是击草声。

西南角——牧场那一边我的左手，正对校友居——的云堆里，不时放射出电闪，穿过树林，仿佛好几条紧缠的金蛇掠过光景，一直打到教堂的颜色玻璃和校友居的青藤白石和凹屈别致的窗坡上，像几条铜扁担，同时打一块磨石大的火石，金花四射，光惊骇目。

雨忽注不休。云色虽稍开明，但四围都是雨激起的烟雾苍茫，克莱亚的一面几乎看不清楚。我仰庇掬①老翁的高荫，身上并不大湿，但桥上的水，却分成几道泥沟，急冲下来，我站在两条泥沟的中间，所以鞋也没有透水。同时我很高兴发现离我十几码一棵大榆树底下，也有两个人站着，但他们分明是避雨，不是像我来看来经验打阵。他们在那里划火抽烟，想等过这阵急寨。

那边牧场方才不管天时变迁尽吃的朋友，此时也躲在场中间两枝榆树底下，马低着头，牛昂着头，在那里抱怨或是崇拜老天的变怒。

雨已经下了十几分钟，益发大了。雷电都已经休止，天色也更清明了。但我所仰庇的掬老翁，再也不能继续荫庇我，他老人家自己的胡髭，也支不住淋漓起来，结果是我浑身增加好几斤重量。有时作恶的水一直灌进我的领子，直溜到背上，寒透肌骨；桥栏也全没了；我脚下的干土，也已经渐次灭迹，几条泥沟，已经进成一大股浑流，踊跃进行，我下体也增加了重量，连胫骨都湿了。到这个时候，初阵的新奇已经过去，满眼只是一体的雨色，满耳只是一体的雨声，满身只是一体的雨感觉，我独身——避雨那两位已逃入邻近的屋子里——在大雨里听淹，头上的方巾已成了湿巾，前后左右淋个不住，倒觉得无聊起来。

但我有希望，西天的云已经开解不少，露出夕阳的预兆，我想这

---

① 此处"掬"与下文所记"掬老翁"之"掬"字，亦或误植。恐为"橘"字之误。

雨一停一定有奇景出现——我于是立定主意与雨赌耐心。我向地上看，看无数的榆钱在急涡里乱转，还有几个不幸的虫蚁也葬身在这横流之中。我忽然想起道施滔奄夫斯基①的一部小说里的一个设想，他说你若然发现你自己在一沧海中一块仅仅容足的拳石上，浪涛像狮虎似向你身上扑来，你在这完全绝望的境地，你还想不想活命？我又想起康赖特的《大风》，人和自然原质的决斗。我又想像我在西伯利亚大雪地，穿着皮裘，手拿牧杖，站在一大群绵羊中间。我想战阵是冒险，恋爱是更大的冒险，死是最大的冒险。我想起耶稣，魔鬼，薇纳司②，福贺司德③；我想飞出这雨圈，去踏在雨云的背上，看他们工作。我想……半点钟已过，我心海里至少涌起了几万种幻想，但雨还是倒个不住。

又过了足足十分钟，雨势方才收敛。满林的鸟雀都出了家门，使劲的欢呼高唱；此时云彩很别致，东中北三路，还是满布着厚云，并且极低，似乎紧罩在教堂的 H 形尖阁上，但颜色已从乌黑转入青灰，西南隅的云已经开张了一只大口，从月牙形的云絮背后冲射出一海的明霞，仿佛菩萨背后的万道佛光，这精悍的烈焰，和方才初雨时的电闪一样，直照在教堂和校友居的上楼，将一带白玻璃窗尽数打成纯粹的黄金，教堂颜色玻璃窗上的反射更为强烈，那些画中人物都像穿扮整齐，在金河里游泳跳舞。妙处尤在这些高宇的后背及顶头，只是一片深青，越显得西天云罅月漏的精神，彩焰奔腾的气象。

未雨之先，万象都只是静，现在雨一过，风又敛迹，天上虽在那里变化，地上还是一体的静；就是阵前的静，是空气空实的现象，是严肃的静，这静是大动大变的符号先声，是火山将炸裂前的静；阵雨

---

① 道施滔奄夫斯基：今通译为陀思妥耶夫斯基，俄国作家，代表作《罪与罚》等。
② 薇纳司：即维纳斯。
③ 福贺司德：E. M. 福斯特，具体不详，或为行走游历剑桥时结识的英国作家。

后的静不同，空气里的浊质，已经澈底①洗净，草青树绿经过了恐怖，重复清新自喜，益发笑容可掬，四围的水气②雾意也完全灭迹，这静是清的静，是平静，和悦安舒的静。 在这静里，流利的鸟语，益发调新韵切，宛似金匙击玉磬，清脆无比。 我对此自然从大力里产出的美，从剧变里透出的和谐，从纷乱中转出的恬静，从暴怒中映出的微笑，从迅奋里结成的安闲，只觉得胸头塞满——喜悦惊讶，爱好，崇拜，感奋的情绪，满身神经都感受强烈痛快的震撼，两眼火热地蓄泪欲流，声音肢体愿随身旁的飞禽歌舞；同时，我自顶至踵完全湿透浸透，方巾上还不住地滴水，假如有人见我，一定疑心我落了水，但我那时绝对不觉得体外的冷，只觉得体内的热。（我也没有受寒。）

我正注目看西方渐次扫荡满天云锢的太阳，偶然转过身来，不禁失声惊叫。 原来从校友居的正中起直到河的左岸，已经筑起一条鲜明五彩的虹桥！

八月六日

---

① 澈底：现通用为"彻底"。
② 水气：现通用为"水汽"。

徐志摩张幼仪离婚通告

一九二二年三月,在徐志摩的催促声中,张幼仪在离婚协议书上签字,两人正式离婚。此时的徐志摩沉浸在对林徽因的追求中,而张幼仪却为徐志摩生下了第二个儿子——彼得。

载一九二二年十一月六日、八日《新浙江报·新朋友》;一九八八年一月陕西人民出版社《徐志摩研究资料》存目。采自一九九五年八月上海书店《徐志摩全集》第八册,该全集仅收入一九二二年十一月八日刊载的后半篇,据编者说,六日的报纸未找到。

目前情况,离姻的结果,还不见女的方面缺亏。 男子再娶绝对不成问题;女子再嫁的机会,即使有总不平等。 固然,我们同时应该打破男必娶女必嫁的谬见,但不平等的现象依然存在。 这非但是女子不解放,也是男子未尽解放的证据。 我们希望大家努力从理性方面进行,扫除陋习迷信,实现男女平权的理想。

(六)我们不知不觉已经说上一大串，但家庭方面总不应得略过不问，实际上家庭是个极重大的原则。 "极重大"是一定要牵连到的意思，并不是离婚不经过家庭就不成功，好像没有糯米裹不成粽子，没有豆板做不成豆腐。 只要当事人同意负责，婚姻离合的原素①就完全。 固然能得到家庭同意最好，但非必要。 如其当事人愿意离婚而第三者的家庭有异议，这一定是误解，迟早讲得明白。 若说反对更是笑话。 屋子里失火，子女当然逃命，住在城外的父母说不行，你们未得家庭同意，如何擅敢逃命，这不是开玩笑吗！解除辱没人格的婚姻，是逃灵魂的命，爱子女的父母，岂有故意把他们的出路堵住之理，并且他们也决计堵不住。 但离婚没有朋友绝交的简单，往往有具体清算的必要，则如财产子女，□□②地要商榷家庭了。 旧式制度使然，但事实清理是理性的事务，只要命题合理，总有答数算出来。 我们应该研究的是，老辈也有老辈的是，如何可以使得旧社会的家长了解新时代的精神，免去无谓的冲突，酿成不愉快的结局。 你我有你我的意见，老辈也有老辈的意见，疏通是我们的责任。 要使他们了解我们，我们也得了解他们。 同情产生同情，误解反应误解。 顽固无可理喻！家庭革命的呼声常常听见，我们青年就犯一个嗜好，不是完全健康的嗜好——浪漫主义。 家庭革命四个字是染透了浪漫色彩的，我们不是为革命而革命，我们对家长说的话很简单，我们说：你们父母是最怜爱我们子女，我们的幸福就是你们的幸福，我们的痛苦就是你们的痛苦，以往的是非不提，谁也不必抱怨谁，现在我们觉悟——我们已经自动，挣脱了黑暗的地狱，已经解散烦恼的绳结，已经恢复了自由和独立人格，现在含笑来报告你们这可喜的消息，请你们参与我

---

① 原素：现通用为"元素"。
② 此处二字辨识不清，故缺。

们的欢畅。 慈爱、同情永远是人道的经纬，理性是南针。 我们想果然当事人能像我们一样，欢欢喜喜的同时解除婚约，有理性的父母决不会不赞成，除非真是父母根本不爱儿女，愿意他们痛苦，不愿他们救度。 我们相信这样异乎寻常的父母，世上不多，若然当事人不幸而逢到真正异乎寻常的家长，那时要有革命行为发生，谁是谁非就不辨自明。

我们要说的话还很多，但这不是做大文章的地方，我们很盼望再有机会讨论这个重要问题。 我们相信道德的勇敢是这新时期的精神，人道是革新的标准。

就使打破了头，也还要保持我灵魂的自由

一九二二年冬，北平市财政总长罗文干因涉嫌卖国纳贿被捕，不久释放。后因北洋政府的教育总长彭允彝的提议，再次被收禁。北大校长蔡元培等联合知识界发表宣言，抗议此事。归国不久的徐志摩，面对这起与己无关的风潮，即事兴感，在《努力周报》上撰写此文，以示对蔡元培及其所代表的进步势力的声援与支持。

载一九二三年一月二十八日《努力周报》第三十九期；初收一九六九年台湾传记文学出版社《徐志摩全集》第六辑。

照群众行为看起来，中国人是最残忍的民族。照个人行为看起来，中国人大多数是最无耻的个人。慈悲的真义是感觉人类应感觉的感觉，和有胆量来表现内动的同情。中国人只会在杀人场上听小热昏①，决不会在法庭上贺喜判决无罪的刑犯；只想把洁白的人齐拉入混

---

① 小热昏：广泛流行于江浙沪一带的曲艺谐谑形式，是一种马路说唱艺术，又名"小锣书"。

浊的水里，不会原谅拿人格的头颅去撞开地狱门的牺牲精神。只是"幸灾乐祸"，"投井下石"，不会冒一点子险去分肩他人为正义而奋斗的负担。

从前在历史上，我们似乎听见过有什么义呀侠呀，什么当仁不让，见义勇为的榜样呀，气节呀，廉洁呀，等等。如今呢，只听见神圣的职业者接受蜜甜的"冰炭敬"，磕拜寿祝福的响头，到处只见拍卖人格"贱卖灵魂"的招贴。这是革命最彰明的成绩，这是华族民国最动人的广告！

"无理想的民族必亡"，是一句不刊的真言。我们目前的社会政治走的只是卑污苟且的路，最不能容许的是理想，因为理想好比一面大镜子，若然摆在面前，一定照出魑魅魍魉的丑迹。莎士比亚的丑鬼卡立朋（Caliban）①有时在海水里照出他自己的尊容，总是老羞成怒的。

所以每次有理想主义的行为或人格出现，这卑污苟且的社会一定不能容忍；不是拳打脚踢，也总是冷嘲热讽，总要把那三间大夫硬推入汩罗江底，他们方才放心。

我们从前是儒教国，所以从前理想人格的标准是智仁勇。现在不知道变成什么国了，但目前最普通人格的通性，明明是愚暗残忍懦怯，正得一个反面。但是真理正义是永生不灭的圣火，也许有时遭被蒙盖掩翳罢了。大多数的人一天二十四点钟的时间内，何尝没有一刹那清明之气的回复？但是谁有胆量来想他自己的想，感觉他内动的感觉，表现他正义的冲动呢？

蔡元培所以是个南边人说的"戆大"，愚不可及的一个书呆子，卑污苟且社会里的一个最不合时宜的理想者，所以他的话是没有人能

---

① Caliban：今译凯列班，莎士比亚《暴风雨》中的野性而丑怪的奴隶。

懂的；他的行为是极少数人——如真有——敢表同情的；他的主张，他的理想，尤其是一盆飞旺的炭火，大家怕炙手，如何敢去抓呢？

"小人知进而不知退。"

"不忍为同流合污之苟安。"

"不合作主义。"

"为保持人格起见……"

"生平仅知是非公道，从不以人为单位。"

这些话有多少人能懂？有多少人敢懂？

这样的一个理想者，非失败不可；因为理想者总是失败的。若然理想胜利，那就是卑污苟且的社会政治失败——那是一个过于奢侈的希望了。

有知识有胆量能感觉的男女同志，应该认明此番风潮是个道德问题；随便彭允彝、京津各报如何淆惑，如何谣传，如何去牵涉政党，总不能掩没这风潮里面一点子理想的火星。要保全这点子小小的火星不灭，是我们的责任，是我们良心上的负担；我们应该积极同情这番拿人格头颅去撞开地狱门的精神！

狗 食 盆

一九二三年三月,徐志摩与胡适、梁实秋等人创建文学团体新月社,致力于在政治、思想、学术、文艺等领域追求自由。之后的四月二十六日和五月二十六日,徐志摩在《努力周报》连载的诗话《杂记》中不点名地讽刺了郭沫若的诗句,致使郭沫若、成仿吾等人与他交恶。

载一九二三年四月二十二日《努力周报》第四十九期,原题《杂记》;初收一九六九年台湾传记文学出版社《徐志摩全集》第六辑。

我早已想做一种西洋诗话,记述西洋人有趣味的逸事,他们各个人的诗的概念,以及他们各个人砥砺工具的方法。 我想他们有时随意说出来的话,例如勃兰克(Blake)①、开茨(Keats)、罗刹蒂

---

① Blake:布莱克(1757—1827),英国浪漫主义诗人,作品有诗集《天真之歌》和《经验之歌》等。

（Rossetti）①剩下来的杂记和信札，William Archer②集的那本 From Ib-sen's Workshop③，契考夫 Tchekov④ 的信札，都是他们随意流露的真心得，虽则不是长成的木料，却都是适之比况杜威的 Creative Seeds⑤，这些灵活的种子要你有适当的心田来收留培畴就会发芽生长。我昨天从通伯那里借得一本葛莱符司 Robert Graves⑥ 的《论诗》（On Poetry），里面很多有意味的启示，我忍不住翻过几则来让大家看看。

葛莱符司是英国的一个诗人，牛津大学的，打了好几年仗，在壕沟里做诗，也是乔治派诗人（The Georgians⑦）之一。他的诗长于短歌，艺术很不错，虽则天才不见得很高。他这册论诗却颇值得一看。

狗 食 盆

侄儿，实在对不起，但我真是没有法子懂你的"新诗"。新诗真叫人看的厌恶；我看来大都是无理取闹不要脸。

很好，伯父，但是人家也没有盼望你懂得！看家的老狗到了吃饭时候走到他那盆子外面写明狗食的去吃他的碎饼干，摇着尾巴顶得

---

① Rossetti：但丁·盖布里尔·罗塞蒂（Dante Gabriel Rossetti，1828—1882），英国意大利裔画家、诗人，"先拉斐尔兄弟会"创建者之一，1850 年创办先拉斐尔派杂志《萌芽》。

② William Archer：阿切尔（1856—1924），苏格兰戏剧评论家和翻译家，曾任多家报纸的戏剧评论员，并以翻译易卜生的作品而闻名。作品有《当代英国剧作家》和《易卜生全集》等。

③ From IbSen's Workshop：《来自易卜生的创作室》。

④ Tchekov：契诃夫（1860—1904），俄国小说家、剧作家，著名作品有中篇小说《第六病室》，短篇《套中人》，剧本《海鸥》、《樱桃园》等。

⑤ Creative Seeds：创造的种子。

⑥ Robert Graves：今译格雷夫斯（1895—1985），英国评论家、小说家、诗人，著有诗集多部及历史小说《克劳狄乌斯》等。

⑦ The Georgians：乔治时代 1910 至 1920 年间的英国诗人。

意的。明天你要是给他一个新盆子里面放了他不认识的鲜味儿，他过来嗅上几嗅满瞧不起的转身就跑。你看了他那样不开眼儿的蠢，他那样不识抬举，他那只知道爱碎饼干可笑的脾气，你就恨不得抬起脚来踢他；可是你慢着！

他原先吃的那盆子外面写明狗食的，照科学先生们说，他只要一见就引起了他满狗嘴的馋涎。你现在给他的，他满不认识，没有兴起他的馋嘴，他满不舒服，反而以为让你冤了。

可是你要是掷给小巴儿们试试；他们一见就狠命的抢着吃，回头他们看着那糊涂的老狗老恋着他那狗食盆里的碎饼干，他们哼哈着老实说有点儿瞧不起。

这段挖苦话的妙处不仅是对付了一般自居高明的老伯伯们，就连一群努力创造的新青年们也得了个最确当的比喻——只是一群乐天主义什么都是好吃的小巴儿们！

我过的端阳节

徐志摩此前发表的诗话《杂记》致使他与郭沫若等人的关系破裂,在此他生发出"我们不敢否认人是万物之灵,我们却能断定人是万物之淫"的感慨,不知有着怎样的心境?

一九二三年六月二十日作;载一九二三年六月二十四日《晨报副刊》;又载七月九日上海《时事新报》副刊《学灯》;初收一九八〇年台湾时报文化出版事业有限公司《徐志摩诗文补遗》。采自《晨报副刊》。

我方才从南口回来。 天是真热,朝南的屋子里都到了九十度以上,两小时的火车竟如在火窖中受刑,坐起一样的难受。 我们今天一早在野鸟开唱以前就起身,不到六时就骑骡出发,除了在永陵休息半小时以外,一直到下午一时余,只是在高度的日光下赶路。 我一到家,只觉得四肢的筋肉里像用细麻绳扎紧似的难受,头里的血,像沸水似的急流，神经受了烈性的压迫，仿佛无数烧红的铁条蛇盘似的绞紧在一起……

一进阴凉的屋子，只觉得一阵眩晕从头顶直至踵底，不仅眼前望不清楚，连身子也有些支持不住。我就向着最近的藤椅上瘫了下去，两手按住急颤的前胸，紧闭着眼，纵容内心的浑沌①，一片黯黄，一片茶青，一片墨绿，影片似的在倦绝的眼膜上扯过……

直到洗过了澡，神志方才回复清醒，身子也觉得异常的爽快，我就想了……

人啊，你不自己惭愧吗？

野兽，自然的，强悍的，活泼的，美丽的；我只是羡慕你。

什么是文明人：只是腐败了的野兽！你若然拿住一个文明惯了的人类，剥了他的衣服装饰，夺了他作伪的工具——语言文字，把他赤裸裸的放在荒野里看——多么"寒村"②的一个畜生呀！恐怕连长耳朵的小骡儿，都瞧他不起哪！

白天，狼虎放平在丛林里睡觉，他躲在树荫底下发痧③。

晚上清风在树林中演奏轻微的妙乐，鸟雀儿在巢里做好梦，他倒在一块石上发烧咳嗽——着了凉了！

也不等狼虎去商量他有限的皮肉，也不必小雀儿去嘲笑他的懦弱；单是他平常歌颂的艳阳与凉风，甘霖与朝露，已够他的受用：在几小时之内可使他脑子里消灭了金钱名誉经济主义等等的虚景，在一半天之内，可使他心窝里消灭了人生的情感悲乐种种的幻象，在三两天之内——如其那时还不曾受淘汰——可使他整个的超出了文明人的

---

① 浑沌：现通用为"混沌"。
② 寒村：此处疑是京话中"han chen"的谐音，今多用"寒碜"。
③ 发痧：中暑的意思。

丑态，那时就叫他放下两支手①来替脚平分走路的负担，他也不以为离奇，抵拼撕破皮肉爬上树去采果子吃，也不会感觉到体面的观念……

平常见了活泼可爱的野兽，就想起红烧野味之美，现在你失去了文明的保障，但求彼此平等待遇两不相犯，已是万分的侥幸……

文明只是个荒谬的状况；文明人只是个凄惨的现象，——

我骑在骡上嚷累叫热，跟着哑巴的骡夫，比手势告诉我他整天的跑路，天还不算顶热，他一路狠快活的不时采一朵野花，折一茎麦穗，笑他古怪的笑，唱他哑巴的歌；我们到了客寓喝冰汽水喘息，他路过一条小涧时，扑下去喝一个贴面饱，同行的有一位说："真的，他们这样的胡喝，就不会害病，真贱!"

回头上了头等车，坐在皮椅上嚷累叫热，又是一瓶两瓶的冰水，还怪嫌车里不安电扇；同时前面火车头里司机的加煤的，在一百四五十度的高温里笑他们的笑，谈他们的谈……

田里刈麦的农夫拱着棕黑色的裸背在作工，从清早起已经做了八九时的工，热烈的阳光在他们的皮上像在打出火星来似的，但他们却不曾嚷腰酸叫头痛……

我们不敢否认人是万物之灵，我们却能断定人是万物之淫；

什么是现代的文明，只是一个淫的现象；

淫的代价是活力之腐败与人道之丑化；

前面是什么，没有别的，只是一张黑沈沈的大口，在我们运定的道上张开等着，时候到了把我们整个的吞了下去完事！

六月二十日

---

① 两支手：现通用为"两只手"。

未来派的诗

一九二三年夏，应梁启超之邀，徐志摩在天津南开大学暑期学校讲课两周，教授近代英国文学和未来派的诗。

一九二三年夏在南开大学暑期学校讲，赵景深记录整理；初收赵景深编、一九二五年十一月上海新文化书社《近代文学丛谈》。赵景深在《近代文学丛谈·序》中对《近代英文文学》和《未来派的诗》有所说明，附后。

前几年我在美洲乔治湖畔的一个人家做苦工。我的职务是打杂，每天要推饭车，在厨房和饭厅之间来来往往的走。饭车上装着一二百碗碟刀叉之类，都是我所要洗刷的。我每次推着小车在轨道上走，口里唱着歌儿，迎着习习的和风，感到一种异样的兴趣；不过这也仅是在疲极的时候所略得的休息罢了。实在说来，我在那里是极苦的。

有一天不知怎样，车翻了，碗碟刀叉都跌了下来，打得歪斜粉碎。 我那时非常惶恐，后来幸亏一个西班牙人——我的助手——帮着我把碎屑弄到阴沟里去，可怜我那时弄得两手都是鲜血，被碎屑刺破。 回家时便接着梁任公给我的信，他的信上有几句话：

　　顷在罗马，

　　与古为徒，

　　现代意大利

　　熟视若无睹！

　　他的意思是说意大利风物之美，都是古罗马的遗迹，与现代之意大利丝毫无关。

　　意大利曾有一位 Maranetti[①]，他觉得许多人把意大利都当作图书馆或是博物院，专考究古代的文明，蔑视现在他们的艺术，心中极为愤恨，于是主张破坏意大利旧有的一切文明，无论雕刻绘画建筑文学，一概不要，另外创造新的。 一个作者只能有二十岁到四十岁可以算作他著作的时期，此外的作品便须毁过重做。 他有一篇宣言，有一段是，"未来派的自觉心"，便是竭力推阐他的主张的。

　　现在一切都为物质所支配，眼里所见的是飞艇，汽车，电影，无线电，密密的电线，和成排的烟囱，令人头晕目眩，不能得一些时间的休止，实是改变了我们经验的对象。 人的精神生活差不多被这样繁忙的生活逐走了。 每日我在纽约只见些高的广告牌，望不见清澈的月亮；每天我只听见满处汽车火车和电车的声音，听不见萧瑟的风声和

---

　　① Maranetti：意大利诗人马拉尼蒂。徐志摩曾在天津南开大学讲学过程中提及过他的诗歌及艺术风格。

嘹亮的歌声。凡在西洋住过的人，差不多没有不因厌恶而生反抗的。

未来派的人知道这是不可挽回的现象，于是不但不求超出世外，反向前进行。现世纪的特色是：

一、迅速。例如坐车总要坐特别快车。

二、激刺①。例如爱看官能感觉的东西。

三、嘈杂。例如听音乐爱听大锣大鼓。

四、奇怪。例如现代什么样希奇的病症都出现了。

未来派觉得外界现象变了，情绪也应当变，所以也就依着这样的特色来制作他们的诗。

诗无非是由内感发出，使人沉醉，自己也沉醉；能把泥水般的经验化成酒，乃是诗的功用。千变万化，神妙莫测，极自然的写出，极不连贯，这便是未来派诗人的精神。他们觉得形容词是多余的，可以用快慢的符号来表明，并且无论牛唤羊声，乐谱，数学用字，斜字，倒字，都可以加到诗里去。他们又觉得一种颜色不够，于是用红绿各色来达意，字也可以自由制造。他们是极端的诚实，不用伪美的语句，铲除一切的不自然。看来虽好似乱七八糟，据说读起来音节是很好听的，虽然我没有听见过。关于未来派的诗我且不下什么批评，无论如何，他们一番革命的精神，已是为我们钦敬了！

现有的文字不能完全达出思想。我且举几个不能描绘的妙景，我认为须用未来派的诗写出才有声色的，作我这次讲演的结束：

北京大学石狮搬家。石狮很重，工人们抬不动，便将木排垫在石狮下，捆绳在狮身上，许多人拉着绳前进，吆吆喝喝的拉着，拉一步，唱一声，石狮也摇摆了一下。狗在旁边看见狮子动，便吓跑了，停了，

---

① 激刺：现通用为"刺激"。

又跑到石狮的面前来吠叫。

船泊南洋新加坡时,丢钱到海水里,马来土人便去钻入水底,拾起钱来。入水时浪花四溅,和那马来人黑皮肤与赤红的阳光相映,都是极难描写的。

一条小河上,两个肥兵官在桥上打了起来,彼此不相让,两边的兵士只好在旁边呐喊,却不敢前近①。忽然卟咚一声,两个肥兵官全跌到水里去了。

附:赵景深《近代文学丛谈·序》(片断)

[这]是我笔记志摩师的讲演稿,那时是一九二三年,志摩师在南开暑期学校讲学,我也是听讲员的一个,《未来派的诗》一篇曾经志摩师校阅,《近代英文文学》志摩师不曾看过,其中误记的地方想是不少,我对他甚是抱歉;倘此书有再版的机会,而志摩师也有暇,当请他校改一遍,重与诸君相见,再者,《近代英文文学》中第九讲是菊隐兄记的,应在此声明一句。

---

① 前近:现通用为"近前"。

北戴河海滨的幻想

一九二三年八月,徐志摩去北戴河避暑作此文。

载一九二四年六月二十一日《晨报·文学旬刊》;初收一九二八年一月上海新月书店《自剖》。采自《自剖》。

　　他们都到海边去了。 我为左眼发炎不曾去。 我独坐在前廊,偎坐在一张安适的大椅内,袒着胸怀,赤着脚,一头的散发,不时有风来撩拂。 清晨的晴爽,不曾消醒我初起时睡态;但梦思却半被晓风吹断。 我阖紧眼帘内视。 只见一斑斑消残的颜色,一似晚霞的余赭,留恋地胶附在天边。 廊前的马樱,紫荆,藤萝,青翠的叶与鲜红的花，都将他们的妙影映印在水汀上，幻出幽媚的情态无数；我的臂上与胸前，亦满缀了绿荫的斜纹。 从树荫的间隙平望，正见海湾：海波亦似被晨曦唤醒，黄蓝相间的波光，在欣然的舞蹈。 滩边不时见白涛涌起，迸射着雪样的水花。 浴线内点点的小舟与浴客，水禽似的浮着；幼童的欢叫，与水波拍岸声，与潜涛呜咽声，相间的起伏，竞报一滩的生趣与乐意。 但我独坐的廊前，却只是静静的，静静的无甚声响。 妩媚的马樱，只是幽幽的微辗着，蝇虫也敛翅不飞。 只有远近树里的秋蝉在纺纱似的缠引他们不尽的长吟。

在这不尽的长吟中，我独坐在冥想。 难得是寂寞的环境，难得是静定的意境：寂寞中有不可言传的和谐，静默中有无限的创造。 我的心灵，比如海滨，生平初度的怒潮，已经渐次的清翳，只剩有疏松的海砂①中偶尔的回响，更有残缺的贝壳，反映星月的辉芒。 此时摸索潮余的斑痕，追想当时汹涌的情景，是梦或是真，再亦不须辨问，只此眉稍②的轻绉③，唇边的微哂，已足解释无穷奥绪，深深的蕴伏在灵魂的微纤之中。

青年永远趋向反叛，爱好冒险；永远如初度航海者，幻想黄金机缘于浩淼的烟波之外：想割断系岸的缆绳，扯起风帆，欣欣的投入无垠的怀抱。 他厌恶的是平安，自喜的是放纵与豪迈。 无颜色的生涯，是他目中的荆棘；绝海与凶巇，是他爱取由的途径。 他爱折玫瑰：为她的色香，亦为她冷酷的刺毒。 他爱搏狂澜：为他的庄严与伟大，亦为他吞噬一切的天才，最是激发他探险与好奇的动机。 他崇拜冲动：不可测，不可节，不可预逆，起，动，消歇皆在无形中，狂风似的倏忽与猛烈与神秘。 他崇拜斗争：从斗争中求剧烈的生命之意义，

---

① 海砂：现通用为"海沙"。
② 眉稍：现通用为"眉梢"。
③ 轻绉：现通用为"轻皱"。

从斗争中求绝对的实在，在血染的战阵中，呼噏胜利之狂欢或歌败丧的哀曲。

幻象消灭是人生里命定的悲剧；青年的幻灭，更是悲剧中的悲剧，夜一般的沈黑，死一般的凶恶。纯粹的，猖狂的热情之火，不同阿拉亭的神灯，只能放射一时的异彩，不能永久的朗照；转瞬间，或许，便已敛熄了最后的焰舌，只留存有限的余烬与残灰，在未灭的余温里自伤与自慰。

流水之光，星之光，露珠之光，电之光，在青年的妙目中闪耀，我们不能不惊讶造化者艺术之神奇；然可怖的黑影，倦与衰与饱餍的黑影，同时亦紧紧的跟着时日进行，仿佛是烦恼，痛苦，失败，或庸俗的尾曳，亦在转瞬间，彗星似的扫灭了我们最自傲的神辉——流水涸，明星没，露珠散灭，电闪不再！

在这艳丽的日辉中，只见愉悦与欢舞与生趣，希望，闪烁的希望，在荡漾，在无穷的碧空中，在绿叶的光泽里，在虫鸟的歌吟中，在青草的摇曳中——夏之荣华，春之成功。春光与希望，是长驻的；自然与人生，是调谐的。

在远处有福的山谷内，莲馨花在坡前微笑，稚羊在乱石间跳跃，牧童们，有的吹着芦笛，有的平卧在草地上，仰看变幻的浮游的白云，放射下的青影在初黄的稻田中缥渺①地移过。在远处安乐的村中，有妙龄的村姑，在流涧边照映她自制的春裙；口衔烟斗的农夫三四，在预度秋收的丰盈；老妇人们坐在家门外阳光中取暖，她们的周围有不少的儿童，手擎着黄白的钱花在环舞与欢呼。

在远——远处的人间，有无限的平安与快乐，无限的春光……

在此暂时可以忘却无数的落蕊与残红；亦可以忘却花荫中掉下的

---

① 缥渺：现通用为"缥缈"。

枯叶，私语地预告三秋的情意；亦可以忘却苦恼的僵瘵的人间，阳光与雨露的殷勤，不能再恢复他们腮颊上生命的微笑；亦可以忘却纷争的互杀的人间，阳光与雨露的仁慈，不能感化他们凶恶的兽性；亦可以忘却庸俗的卑琐的人间，行云与朝露的丰姿，不能引逗他们刹那间的凝视；亦可以忘却自觉的失望的人间，绚烂的春时与媚草，只能反激他们悲伤的意绪。

我亦可以暂时忘却我自身的种种：忘却我童年期清风白水似的天真；忘却我少年期种种虚荣的希冀；忘却我渐次的生命的觉悟；忘却我热烈的理想的寻求；忘却我心灵中乐观与悲观的斗争；忘却我攀登文艺高峰的艰辛；忘却刹那的启示与澈悟之神奇；忘却我生命潮流之骤转；忘却我陷落在危险的旋涡中之幸与不幸；忘却我追忆不完全的梦境；忘却我大海底里埋着的秘密；忘却曾经刐割我灵魂的利刃，炮烙我灵魂的烈焰，摧毁我灵魂的狂飙与暴雨；忘却我的深刻的怨与艾；忘却我的冀与愿；忘却我的恩泽与惠感，忘却我的过去与现在……

过去的实在，渐渐的膨涨①，渐渐的模糊，渐渐的不可辨认；现在的实在，渐渐的收缩，逼成了意识的一线，细极狭极的一线，又裂成了无数不相联续②的黑点……黑点亦渐次的隐翳？幻术似的灭了，灭了，一个可怕的黑暗的空虚……

---

① 膨涨：现通用为"膨胀"。
② 联续：现通用为"连续"。

罗素又来说话了

一九二三年八月，罗素在《日晷》第1期上刊登了《余暇与机械主义》一文，重点是批判近代工业文明。徐志摩读后当即写了此文，称赞罗素的文章是"智力的闪电"，让我们看到了这闪电的"迅与光与劲"。

载一九二三年十二月十日《东方杂志》第二十卷第二十三期，文末标有"《时事新报》"，似由该报转载；初收一九六九年台湾传记文学出版社《徐志摩全集》第六辑。采自《东方杂志》。

一

　　每次我念罗素的著作或是记起他的声音笑貌，我就联想起纽约城，尤其是吴尔吴斯①五十八层的高楼。 他们好像是二十世纪的两个

---

①　吴尔吴斯：今通译为伍尔沃斯，美国纽约建于1910年的一栋摩天大楼。徐志摩时代有"世界第一摩天楼"之称。

敌对的象征，——罗素先生与五十八层的高楼。罗素的思想言论，仿佛是夏天海上的黄昏，紫黑云中不时有金蛇似的电火在冷酷地料峭地猛闪，骇人的电闪，在你的头顶眼前隐现！

畫入云际的高楼，不危险吗？一半个的霹雳，便可将他锤成粉屑——震的赫真江边的青林绿草都兢兢的摇动！但是不然！电火尽闪着，霹雳却始终不到，高楼依旧在层云中畫着，纯金的电光，只是照出他的傲慢，增加他的辉煌！

罗素最近在他一篇论文叫做：《余闲与机械主义》（见 Dial，For August，1923）①，又放射了一次他智力的电闪，威吓那五十八层的高楼。

我们是踮起脚跟，在旁边看热闹的人；我们感到电闪之迅与光与劲，亦看见高楼之牢固与崛强。

二

一二百年前，法国有一个怪人，名叫凡尔太②的，他是罗素的前身，罗素是他的后影，他当时也同罗素在今日一样，放射了最敏锐的智力的光电，威吓当时的制度习惯，当时的五十八层高楼。他放了半世纪冷酷的，料峭的闪电，结成一个大霹雳，到一七八九那年，把全欧的政治，连着比士梯亚③的大牢城，一起的打成粉屑。罗素还有一个前身，这个是他同种的，就是大诗人雪莱的丈人，著《女权论》的吴尔顿克辣夫脱④的丈夫，威廉古德温，他也是个崇拜智力，崇拜理性的，他也凭着智理的神光，抨击英国当时的制度习惯。他是近代各种社会主义的一个始祖，他的霹雳，虽则没有法国革命那个的猛烈，却

---

① Dial，For August，1923：《刻度盘》，Dial 杂志，1923 年 8 月号。
② 凡尔太：即伏尔泰。法国著名哲学家、启蒙思想家。
③ 比士梯亚：即巴士底狱。
④ 吴尔顿克辣夫脱：今通译为玛丽·沃斯通克拉夫特，现代女权主义的奠基人。

也打翻了不少的偶像，打倒了不少的高楼。

罗素的霹雳，要到什么时候才能轰出，不是容易可以按定的；但这不住的闪电，至少证明空中涵有①蒸热的闷气，迟早总得有个发泄，疾电暴雨的种子，已经满布在云中。

三

他近年来最厌恶的对象，最要轰成粉屑的东西，是近代文明所产生的一种特别现象，与这现象所养成的一种特别心理。不错，他对于所谓西方文明，有极严重的抗议；但他却不是印度的甘地，他只反对部分，不反对全体。

他依然是未能忘情的，虽则他奖励中国人的懒惰，赞叹中国人的懦怯，慕羡中国人的穷苦——他未能忘情于欧洲真正的文化。"我愿意到中国去做一个穷苦的农夫，吃粗米，穿布衣，不愿意在欧美的文明社会里，做卖灵魂，吃人肉的事业。"这样的意思，他表示过好几次。但研究数理，大胆的批评人类；却不是卖灵魂，更不是吃人肉；所以罗素虽则爱极了中国，却还愿意留在欧洲，保存他 Honorable② 的高贵，这并不算言行的不一致，除非我们故意的讲蛮不讲理。

When I am tempted to wish the human race wiped out by some passing comet I think of scientific knowledge and of art; those two things seem to make our existence not wholly futile. ③

四

罗素先生经过了这几年红尘的生活——在战时主张和平；反抗战

---

① 涵有：现通用为"含有"。

② Honorable：可敬的。

③ 在我企望人类被某个过路的彗星所毁灭的时候，我就想到了艺术和科学知识；只有这两样东西才使我们的存在显得不是完全无益。

争；与执政者斗，与群众斗，与癫狂的心理斗，失败，屈辱，褫夺教职，坐监，讲社会主义，赞扬苏维埃革命，入劳工党，游鲍尔雪微克①之邦，离婚，游中国，回英国，再结婚，生子，卖文为生——他对他人生的观察与揣摹②，已经到了似乎成熟的（所以平和的）结论。

他对于人生并不失望；人类并不是根本要不得的，也并不是无可救度的。而且救度的方法，决计是平和的，不是暴烈的：暴烈只能产生暴烈。他看来人生本来是铄亮的镜子，现在就只被灰尘盖住了；所以我们只要说擦了灰尘，人生便可回复光明的。

他以为只要有四个基本条件之存在，人生便是光明的。

第一是生命的乐趣——天然的幸福。

第二是友谊的情感。

第三是爱美与欣赏艺术的能力。

第四是爱纯粹的学问与知识。

这四个条件只要能推及平民——他相信是可以普遍的——天下就会太平，人生就有颜色。

五

怎样可以得到生命的乐趣？他答，所有人生的现象本来是欣喜的，不是愁苦的；只有妨碍幸福的原因存在时，生命方始失去他本有的活泼的韵节。小猫追赶她自己的尾巴，鹊之噪，水之流，松鼠与野兔在青草中征逐：自然界与生物界只是一个整个的欢喜。人类亦不是例外；街上褴褛的小孩，那一个不是快乐的。人生种种苦痛的原因，是人为的，不是天然的；可移去的，不是生根的；痛苦是不自然的现

---

① 鲍尔雪微克：即布尔什维克。
② 揣摹：现通用为"揣摩"。

象。只要彰明的与潜伏的原始本能，能有相当的满足与调和，生活便不至于发生变态。社会的制度是负责任的。从前的学者论政治或论社会，亦未尝不假定一分心理的基础；但心理学是个最较发达的科学，功利主义的心理假定是过于浅陋，犹之马克思派的心理假定是错误的。近代心理学尤其是心理分析对于社会科学最大的贡献，就在证明人是根本的自私的动物。利他主义者只见了个表面，所以利他主义的伦理只能强人作伪，不能使人自然的为善。几个大宗教成功的秘密，就在认明这重要的一点：耶稣教说你行善你的灵魂便可升天；佛教说你修行结果你可证菩提；道教说你保全你精气神你可成仙。什么事都没有自己实在的利益澈底；什么事都起源于自觉的或不自觉的利己的动机。但同时人又是善于假借的；他往往穿着极体面的衣裳，掩盖他丑陋的原形。现在的新心理学，仿佛是一座照妖镜；不论芭蕉裹的怎样的紧结，他总耐心的去剥。现在虽然剥近，也许竟已剥到了蕉心了。

所以，人类是利己的，这实在是现代政治家与社会改良家所最应认明与认定的。这个真理的暴露，并不有损人类的尊严，如其还有人未能忘情于此；并且亦不妨碍全社会享受和平与幸福的实现。认明了事实与实在，就不怕没有办法，危险就在隐匿或诡辨①实在与事实。病人讳病时，便有良医也是无法可施的。现代与往代的分别，就在自觉与非自觉；社会科学的希望，就在发现从前所忽略的，误解的，或隐秘的病候。理清了病情，开明了脉案，然后可以盼望对症的药方；否则，即使有偶逢的侥幸，决不能祛除病根的。

---

① 诡辨：现通用为"诡辩"。

六

实际的说，身体的健康当然是生命的乐趣的第一个条件；有病的与肝旺的人，当然不能领略生命自然的意味。所以体育是重要的。但这重要也是相对的，我们如其侧重了躯体，也许因而妨碍智力的发展，像我们几个专诚尊崇运动学校的产品，蔡孑民先生曾经说到过，也是危险的。肌肉与脑筋，应受同等的注意。如男女都有了最低限制的健康，自然的幸福便有了基础，此外只要社会制度有相当的宽紧性，不阻碍男女个人本能相当的满足，消极的不使发生压迫状态致有变态与反常之产生。工作是不可免的，但相当的余闲也是必要的；罗素以为将来的社会不容不工作的份子①，亦不容偏重的工作，据经济学家计算，每人每日只需三四小时工作，社会即可充裕的过去，现有的生产率，一半是原因于竞争制度的糜费。

七

工业主义的一个大目标是"成功"（Success），本质是竞争，竞争所要求的是"捷效"（Efficiency）。成功，竞争，捷效，所合成的心理或人生观，便是造成工业主义，日趋自杀现象，使人道日趋机械化的原因。我们要回复生命的自然与乐趣，只有一个方法，就在打破经济社会竞争的基础，消灭成功与捷效的迷信——简言之，切近我们中国自身的问题说，就在排斥太平洋那岸过来的主义，与青年会所代表的道德。我前天会见一个有名的报馆经理，他说，报的事情，如其你要办他个发达，真不是人做的事！又有一个忠慎勤劳的银行经理，与一个忠慎劳勤的纱厂经理，也同声的说生意真不是人做的，整天的忙不

---

① 份子：现通用为"分子"。

算，晚上梦里的心思都不得个安稳，究竟为的是什么，我们自己都不知道。这是实情。竞争的商业社会，只是萧伯讷①所谓零卖灵魂的市场。我们快快的回头，也许可以超脱；再不要迷信开纱厂。比如说，发大财——要知道蕴藻滨②华丽宏大的大中华的烟囱，已经好几时不出烟。我们与其崇拜新近死的北岩公爵③（他最大的功绩，就在造成同类相残的心理，摧残了数百万的生灵，他却取得了威望与金钱与不朽的荣誉）与美国的十大富豪，不如去听聂云台④先生的忏悔谈，去请他演说托尔斯泰与甘地的真谛吧！

八

罗素说他自从看过中国以后，他才觉悟"累进"（Progress）与"捷效"的信仰是近代西方的大不幸。他也悟到固定的社会的好处——这是进步的反面——与惰性，或懒惰主义的妙处——这是捷效的反面。他说："I have hopes of laziness as a gospel."⑤

懒惰是济世的福音！我们知道罗素所谓"懒惰"的反面不是我们农业社会之所谓勤——私人治己治家的勤是美德，永远应受奖励的——而是现代机械式的工商社会所产生无谓的慌忙与扰攘，灭绝性灵的慌忙与扰攘。这就是说，现代的社会趋向于侵蚀，终于完全剥夺合理的人生应有的余闲，这是极大的危险与悲惨。劳力的工人不必说，就是中等社会，亦都在这不幸的旋涡中急转。罗素以为，譬如就英国说，中级社会之顽，愚，嫉妒，偏执，迷信，劳工社会之残忍，愚

---

① 萧伯讷：今通译为萧伯纳，出生于爱尔兰，著名的剧作家、评论家。
② 蕴藻滨："滨"字疑错植，应为"浜"。上海市北部的一条重要河流。
③ 北岩公爵：Lord Northcliffe，现代英国社会出现的第一家报业团体的创建者。1922年在环游世界中曾到过中国上海。
④ 聂云台：曾国藩外孙，近代中国早期从商的企业家之一。著有《保富法》等书。
⑤ 我对懒惰能够成为福音抱有期望。

暗，酗酒的习惯，等等，都是生活的状态失了自然的和谐的结果。

九

所以现代社会的状况，与生命自然的乐趣，是根本不能相容的。友谊的情感，是人与人，或国与国相处的必需原素，而竞争主义又是阻碍真纯同情心发展的原因。 又次，譬如爱美的风尚，与普遍的艺术的欣赏，例如当年雅典或初期的罗马曾经实现过的，又不是工商社会所能容恕的。 从前的技士与工人，对于他们自己独出心裁所造成的作品，有亲切真纯的兴趣；但现在伺候机器的工作，只能僵瘪人的心灵，决不能奖励创作的本能。 我们只要想起英国的孟骞斯德①，利物浦；美国的芝加哥，毕次保格②，纽约；中国的上海，天津；就知道工业主义只能孕育丑恶，庸俗，龌龊，罪恶，嚣陋，高烟囱与大腹贾。

又次，我们常以为科学与工业文明有不可分离的关系。 是的，关系是有的；但却不是不可分离的。 没有科学，就没有现代的文明；但科学有两种意义，我们应得认明：一是纯粹的科学，例如自然现象的研究，这是人类凭着智力与耐心积累所得的，罗素所谓 "The most god like thing that men can do"③。 一是科学的应用，这才是工业文明的主因。 真纯的科学家，只有纯粹的知识是他的对象，他绝对不是功利主义的，绝对不问他所寻求与人生有何实际的关系。 孟代尔（Mendel）④当初在他清静的寺院培养他的豆苗，何尝想到

---

① 孟骞斯德：今通译为曼彻斯特。
② 毕次保格：今通译为匹茨堡。
③ 人所能做的最接近神的事情了。
④ Mendel：今译孟德尔（Gregor Johann Mendel，1822—1884），奥地利遗传学家，1865年发现遗传基因原理，总结出分离定律和独立分配定律。

今日农畜资本家的利用他的发明？法蓝岱（Faraday）[1]与麦克士惠尔（Maxwell）[2]亦何尝想到现代的电气事业？

当初的先生们，竭尽他们一生精力，开拓人类知识的疆土，何尝料想到，照现在的状况看来，他们到[3]似乎变了人类的罪人；因为应用科学的成绩，就只（一）倍增了货物的产品，促成资本主义之集中；（二）制造杀人的利器，奖励同类自残的劣性；（三）设备机械性的娱乐，却掩没了美术的本能。我们再看，应用科学最发达的所在是美国，资本主义最不易摇动的所在，是美国；纯粹科学最不发达的，亦是美国：他们现在所利用的科学的发现，都不是美国人的成绩。所以功利主义的倾向，最是不利于少数的聪明才智，寻求纯粹智识[4]的努力。我们中国近来很讨论科学是否人生的福音，一般人竟有误科学为实际的工商业，以为我们若然反抗工业主义，即是反对科学本体，这是错误的。科学无非是有系统的学术与思想，这如何可以排斥；至于反抗机械主义与提高精神生活，却又是一件事了。

所以合理的人生，应有的几种原素——自然的幸福，友谊的情感，爱美与创作的奖励，纯粹智识——科学——的寻求——都是与机械式的社会状况根本不能并存的。除非转变机械主义的倾向，人生很难有希望。

+

这是我们也都看得分明的；我们亦未尝不想转变方向，但却从那

---

① Faraday：今译法拉第（Michael Faraday，1791—1867），英国物理学家和化学家，发现电磁感应现象、电解定律和磁与光的关系。

② Maxwell：今译麦克斯韦（James Clerk Maxwell，1831—1879），英国物理学家，创立电磁场理论，并指出光的本质是电磁波。

③ 到：现通用为"倒"。

④ 智识：现通用为"知识"。

里做起呢？这才是难处。罗素先生却并不悲观。他以为这是个心理——伦理的问题。旧式的伦理，分别善恶与是非的，大都不曾认明心理的实在，而且往往侧重个人的。罗素的主张，就在认明心理的实在，而以社会的利与弊，为判定行为善恶的标准。罗素看来，人的行为只是习惯，无所谓先天的善与恶。凡是趋向于产生好社会的习惯，不论是心的或是体的，就是善；反之，产生劣社会的习惯，就是恶。罗素所谓好的社会，就是上面讲的具有四种条件的社会；他所谓劣社会就是反面，因本能压迫而生的苦痛（替代自然的快乐），恨与嫉忌（替代友谊与同情），庸俗少创作，不知爱美，与心智的好奇心之薄弱。要奖励有利全体的习惯，可以利用新心理学的发现。我们既然明白了人是根本自私自利的，就可以利用人们爱夸奖恶责罚的心理，造成一种绝对的道德（Positive Morality），就是某种的行为应受奖掖，某种的行为应受责辱。但只是折衷①于社会的利益，而不是先天的假定某种行为为善，某种行为为恶。从前台湾土人有一种风俗：一个男子想要娶妻，至少须杀下一个人头，带到结婚场上；我们文明社会奖励同类自残，叫做勇敢，算是美德，岂非一样可笑？

这样以结果判别行为的伦理，就性质说，与边沁②及穆勒③父子所代表的伦理学，无甚分别；罗素自己亦说他的主张并不是新奇的，不过不论怎样平常的一个原则，若然全社会认定了他的重要，着力的实行去，就会发生可惊的功效。以公众的利益判别行为之善恶：这个原则一定，我们的教育，刑律，我们奖与责的标准，当然就有极重要的转变。

---

① 折衷：现通用为"折中"。
② 边沁：英国法理学家，法律运动改革的先驱和领袖。功利主义哲学的创立者，对社会福利制度的发展有巨大贡献。
③ 穆勒：边沁为代表的功利主义学派的传人。边沁同穆勒之父为论学之交，曾给幼时的穆勒以影响。

十一

　　归根的说，现有的工业主义，机械主义，竞争制度，与这些现象所造成的迷信心理与习惯，都是我们理想社会的仇敌，合理的人生的障碍。　现在，就中国说，唯一的希望，就在领袖社会的人，早早的觉悟，利用他们表率的地位，排斥外来的引诱，转变自杀的方向，否则前途只是黑暗与陷阱。　罗素说中国人比较的入魔道最浅，在地面上可算是最有希望的民族。　他说这话，是在故意的打诳，哄骗我们呢，还是的确是他观察现代文明的真知灼见？——但吴稚晖先生曾叮嘱我们，说罗素只当我们是小孩子，他是个大滑头骗子！

政治生活与王家三阿嫂

一九二三年冬，张君劢组织成立理想会，拟办月刊《理想》，徐志摩应约作此文。

约一九二三年冬作；一九二四年十二月二十六日加序；载一九二五年一月四日、五日、六日《京报副刊》；初收一九二六年六月北京北新书局散文集《落叶》。采自《落叶》。

我这篇《政治生活与王家三阿嫂》是去年冬天在硖石东山脚下独居时写的。那时张君劢他们要办一个月刊，问我要稿子，我就把这篇与另外两篇一起交给了他。那是我的老实。那月刊定名叫《理想》。理想就活该永远出不了版！我看他们成立会的会员名字至少有四五十个。都是"理想"会员！但是一天一天又一天，理想总是出不了娘胎，我疑心老实交过稿子去的就只我。后来我看情形不很像样，所谓理想会员们都像是放平在炉火前地毯上打呼的猫——我独自站在屋檐上竖起一根小尾巴生气也犯不着。理想想没了；竟许本来就没有来。伤心！我就问收稿人还我的血本。他没有理我。我催他不作声，我逼他不开口。本来这几篇零星文字是一文不值的，这一来我倒反而舍不得拿回了。好容易，好容易，原稿奉还。我猜想从此理想月刊的稿件抽屉可以另作别用了。理想早就埋葬了。

昨天在北海见着伏庐，他问我要东西，我说新作的全有主儿了，未来的也定出了，有的只是陈年老古董。他说好，旧的也可以将就，只要加上一点新注解就成。我回家来把这篇古董校看了一遍，叹了一声气。这气叹得有道理的。你想一年前英国政治是怎样，现在又是怎样；我写文的时候麦克唐诺尔德还不曾组阁，现在他已经退阁了；那时包尔温让人家讥评得体无完肤，现在他又回来做老总了。他们两个人的进退并不怎样要紧，但他们各人代表的思想与政策却是可注意的。"麦克"不仅有思想，他有理想；不仅有才干，他有胆量。他很想打破说谎的外交，建设真纯的国际友谊。他的理想也许就是他这回失败的原因，他对我们中国国民的诚意，就一件事就看出来。庚子赔款委员会里面他特聘在野的两个名人，狄更生与罗素。这一点就够得上交情。现在坏了（参看现代评论第二期），包首相容不得思想与理想，管不到什么国际感情。赔款是英国人的钱，即使退给中国也只能算是英国人到中国来化钱①；英国人的利益与势力首先要紧，英国人便宜了，中国人当然沾光。听说他们已经定了两种用途：一是扬子江流域的实业发展（铁路等等）及实业教育，一是传教。我们当然不胜感激涕零之至！亏他们替我们设想得这样周到！发展实

① 化钱：现通用为"花钱"。

业意思是饱暖我们的肉体,补助传道意思是饱暖我们的灵魂。

所以难怪悲观者的悲观。难得这里那里透了一丝一线的光明,一转眼又没了。狄更生先生每回给我来信总有悲惨的话,这回他很关切我们的战祸,但也不知怎的,他总以为东方人,尤其是中国人,比较总是有希望的,他对我们还不曾绝望! 欧洲总是难,他竟望不见平安的那一天,他说也许有那一天,但他自己及身(他今年六十三四)总是看不见的了。狄更生先生替人类难受,我们替他难受。罗素何尝不替人类难受,他也悲观;但他比狄更生便宜些,他会冷笑,他的讥讽是他针砭人类的利器。这回他给我的信上有一句冷话——I am a-mused at the progress of Christianity in China.①基督教在中国的进步真快呀! 下去更有希望了,英国教会有了赔款帮忙,教士们的烟士披里纯②那得不益发的灿烂起来! 别说基督将军、基督总长,将来基督酱油基督麻油基督这样基督那样花样多着哪,我们等着看吧。

所以我方才校看这篇文字,不由的③叹了一声长气,时间里的"爱伦内"④真多着哩! 这一段话与本文并没有多大关系,随笔写来当一个冒头就是。

十三年⑤十二月二十六日

一

从前西方一位老前辈说, "人是一个政治的动物"; 好比麻雀会

---

① 我对基督教在中国的进步只觉得好笑。
② 烟士披里纯:英语 inspiration,灵感一词的音译。
③ 不由的:现通用为"不由得"。
④ 爱伦内:英语 irony 的汉译谐音,反语,冷嘲的意思。
⑤ 十三年:即 1924 年。

得做窝，蚂蚁会得造桥，人会得造社会，建设政治。这是一个有名的"人的定义"。那位老前辈的本乡，是个小小的城子，周围不过十里，人口不过十万，而且这十万人里，真正的"市民"不过四分之一，其余不是奴隶，便是客民。但他们却真是所谓"政治的动物"；凭他们造社会与建筑政治的天才，和着地理与地势的利便①，他们在几千年前，在现代欧美文明没有出娘胎以前，已经为未来政治的（现在不说文艺的或科学的）人类定下了一个最完善的模型，一个理想的标准，也可以说是标准的理想——实行的民主政治，或是实现的"共和国"。我们现在不来讨论他们当时的奴隶问题；我们只在想像中羡慕他们政治的幸福，羡慕他们那座支配社会生活的机器的完美，运转是敏捷的，管理是简单的，出货是干净的——而且又是何等的美观！我们如其借用童话里的那个神奇的玻璃球来看，我们就可以在二千年前时间的灰堆里，掏出他们当时最有趣味的生活的活动写真。我们来看看这西洋镜的玩艺。天气约略是江南的五月初，黄梅渐已经过去，南风吹得暖暖的，穿单衣不冷，穿夹衣也不热。他们是终年如此的，真是"四时常春，风和日丽"，雨水都不常有的，所以他们公共会所如议会剧场市场都是秃顶没有盖的。城子中央是一个高冈，天生成花冈石②打底的高阜，这上面留有人类的一个大纪念：最高明的建筑，最高明的石刻，最高明的美术都在这里；最高明的立法与行政的会场也在这里；最高明的戏剧与最伟大最壮观的剧场也在这里；最高明的哲学家，政治家，艺术家，诗人的踪迹也常在这里。路上行人，很少戴帽的，有穿草鞋式的鞋的，有赤脚的，身上至多裹一块方形的布当衣裳，往往一双臂腿袒露在外，有从市场回家的，有到前辈家里去领教学问的，

---

① 利便：现通用为"便利"。
② 花冈石：现通用为"花岗石"。

有到体育场去掷铁饼或赛跑的，有到公共浴所去用雕花水瓶浇身的，有到（如其是春天，春天是节会与共乐的时候）大戏场上去占坐位①的，有到某剃头店或某铜匠店铺子里去找朋友闲谈的，有出城去到河沿树荫下散步的，有到高冈上观览美术的，有到亲戚家去的妇女，前后随从有无数男女仆役的，有应召的歌女，身披彩衣手弄弦琴的，有新来客民穿着异样的服装的，有乡下来的农夫与牧童背着遮太阳的大箬笠，掮着赶牲畜的长竿，或是抗着②新采的榨油用的橄榄果与橄榄叶（他们不懂得咬生橄榄，广东乡下听说到现在还是不会吃青果的！）一个个都像从画图上走下来的……这一群阔额角，阔肩膀，高鼻子，高身材的人类，在这个小小的城子里，熙熙的乐生，活泼，愉快，闲暇，艺术是他们的天性，政治是他们的本能——他们的躯壳已经几度的成灰成泥，但是他们的精神，却是和他们花冈石的高冈一样的不可磨灭；像衣琴海上的薰风③，永远含有鼓舞新生命的秘密。

　　这不是演说乌托邦，这是实有的史迹。那小城子便是雅典，这人民便是古希腊人，说人是政治的动物的，便是亚里士多德。他们当时凡是市民（即除外奴隶与客民）都可以出席议会，参与政治，起造不朽的巴戴廊（Parthenon）④是群众决议的；举菲地亚士（Phidias）⑤做主任是群众决议的；筹画打波斯的海军政策是群众决议的；举米梯亚士做将军是群众决议的。这群众便是全城的公民，有钱的与穷人，做官的与做工的，经商的与学问家，剃头匠与打铁匠，法官与裁缝，苏格拉底

---

①　坐位：现通用为"座位"。
②　抗着：现通用为"扛着"。
③　薰风：现通用为"熏风"。
④　今译帕台农神庙，建于公元前5世纪，是雅典卫城上供奉城邦的保护神雅典娜女神的主神庙。
⑤　Phidias：今译菲迪亚斯，公元前5世纪时的希腊雅典雕刻家，主要作品有雅典卫城的3座雅典娜神像和奥林匹亚宙斯神庙的宙斯坐像，原作今已不存。

斯①与阿理士道文尼斯②，沙福克利士与衣司沟拉士，柏拉图与绥克士诺丰……都是组成这独一的共和政治的平等的份子。 政治是他们的生活，是他们的共同的职业，是他们闲谈的资料，是他们有趣的训练。所以不论是在露天的议会里列席，不论是在杂货铺门口闲话，不论是在客厅里倦倚在榻上饮酒杂谈，不论是在某前辈私宅的方天井里徘徊着讨论学识，不论是在法庭上听苏格拉底士③的审判，不论是在大剧场听戏拿橘子皮或无花果去掷台上不到家的演员（他们喝倒彩的办法），不论是在美术厅里参观菲地亚士最近的杰作，不论是在城外青枫树荫下溪水里濯足时（苏格拉底士最爱的）的诙谐——他们的精神是一致的，是乐生的，是建设的，是政治的。

二

但这是已往的希腊，我们只能如孔子所谓心向往之了。 至于现代的政治，不论是国内的与国际的，都不是叫人起兴的题目。 我们东方人尤其是可怜，任清朝也好，明朝也好，政治的中国人（最近连文学与艺术的中国人都是）只是一只串把戏的猴子，随它如何伶俐，如何会模仿，如何像人，猴子终究猴子，不是人，也许它会得穿起大裙子来坐在沙发椅上使用杯匙吃饭，就使它自己是正经的，旁观的总觉得滑稽好笑。 根本一句话，因为这种习惯不是野畜生的习惯，它根性里没有这种习惯的影子，也许凭人力选择的科学与耐心，在理论上可以完全变化猴子的气质，但这不是十年八年的事，明白人都明白的。

不但东方人的政治，就是欧美的政治，真可以上评坛的能有多少。 德国人太蠢，太机械性；法国人太淫，什么事都任性干去，不过

---

① 苏格拉底斯：即苏格拉底。
② 阿理士道文尼斯：疑为与苏格拉底同享盛名的古希腊哲学家亚里士多德。
③ 苏格拉底士：即苏格拉底，与前文出现的"苏格拉底斯"为同一人。

度不肯休；南欧人太乱，只要每年莱因河①两岸的葡萄丰收。 拉丁民族的头脑永没有清明的日子；美国人太陋，多数的饰制与多数的愚暗，至多只能造成一个"感情作用的民主政治"（Sentimental Democracy）。 此外更不必说了。 比较像样的，只有英国。 英国人可称是现代的政治民族，这是大家都知道的。 英国人的政治，好比白蚁蛀柱石一样，一直啮入他们生活的根里，在他们（这一点与当初的雅典多少相似），政治不但与日常生活有极切极显的关系，我们可以说政治便是他们的生活， "鱼相忘乎江湖"，英国人是相忘乎政治的。 英国人是"自由"的，但不是激烈的；是保守的，但不是顽固的。 自由与保守并不是冲突的，这是造成他们政治生活的两个原则；唯其是自由而不是激烈，所以历史上并没有大流血的痕迹（如大陆诸国），而却有革命的实在，唯其是保守而不是顽固，所以虽则"不为天下先"，而却没有化石性的僵。 但这类形容词的泛论，究竟是不着边际的，我们只要看他们实际的生活，就知道英国人是不是天生的政治的动物。 我们初从美国到英国去的，最浅显的一个感想，是英国虽则有一个册名国王，而其实他们所实现的民主政治的条件，却远在大叫大擂的美国人之上——英国人自己却是不以为奇的。 我们只要看一两桩相对的情形。 美国人对付社会党的手段，与乡下老太婆对付养媳妇一样的惨酷，一样的好笑。 但是我们到礼拜日上午英国的公共场地上去看看：在每处广场上东一堆西一堆的人群，不是打拳头卖膏药，也不是变戏法，是各种的宣传性质的演说。 天主教与统一教与清教；保守党与自由党与劳工党；赞成政府某政策与反对政府某政策的；禁酒令与威士克公司；自由恋爱与鲍尔雪微主义与救世军：——总之种种相反的见解，可以在同一的场地上对同一的群众举行宣传运动；无论演讲者的

---

① 莱因河：现通用为"莱茵河"。

论调怎样激烈，在旁的警察对他负有生命与安全与言论自由的责任，他们决不干涉。有一次萧伯纳（四十年前）站在一只肥皂木箱上冒着倾盆大雨在那里演说社会主义，最后他的听众只剩了三四个穿雨衣的巡士！

这是他们政治生活的一斑，但这还是最浅显的。政治简直是他们的家常便饭，政府里当权的人名是他们不论上中下那一级的口头禅。每天中下人家吃夜饭时老子与娘与儿女与来客讨论的是政治，每天智识阶级吃下午茶的时候，抽着烟斗，咬着牛油面的时候谈的是政治；每晚街角上酒店里酒鬼的高声的叫嚷——鲁意乔治应该到地狱去！阿斯葵斯活该倒运！等等——十有八九是政治。（烟酒加了税，烟鬼酒鬼就不愿意。）每天乡村里工人的太太们站在路口闲话，也往往是政治（比如他们男子停了工，为的是某某爵士在议会里的某主张）。政治的精液已经和入他们脉管里的血流。

我在英国的时候，工党领袖麦克唐诺尔，在伦敦附近一个选区叫做乌立克的做候补员，他的对头是一个政府党，大战时的一个军官，麦氏是主张和平的，他在战时有一次演说时脑袋都叫人打破。有一天我跟了赖世基夫人（Mrs. HaroldJ. Laski）①起了一个大早到那个选区去代麦氏"张罗"（Canvassing）（就是去探探选民的口气，有游说余地的，就说几句话，并且预先估计得失机会）。我那一次得了极有趣味的经验，此后我才深信英国人政治的训练的确是不容易企及的。我们至少敲了二百多家的门（那一时麦氏衣襟上戴着红花坐着汽车到处的奔走，演说），应门的有男有女，有老有小，但他们应答的话多少都有些分寸，大都是老练，镇静，有见地的。那边的选民，很多是在乌立克

---

① Mrs. Harold J. Laski：赖世基，今译拉斯基（1893—1950），英国政治家、政治学家，曾任工党主席（1945—1946），著作有《现代国家的权力》《政治典范》等。

兵工厂里做工过活的，教育程度多是很低的，而且那年是第一次实行妇女选举权，所以我益发惊讶他们政治程度之高。只有一两家比较的不讲理的妇人，开出门来脸上就不戴好看的颜色，一听说我们是替工党张罗的，爽性把脸子沈了下来，把门嘭的关上了。但大概都是和气的，很多说我们自有主张，请你们不必费心，有的狠情愿与我们闲谈，问这样问那样。有一家有一个烂眼睛的妇人，见我们走过了，对她们邻居说（我自己听见）："你看，怪不得人家说麦克唐诺尔是卖国贼，这不是他利用'剧泼'（Jap 即日本鬼意）来替他张罗！"

三

这一次英国的政治上，又发生极生动的变相。安置失业问题，近来成为英国政府的唯一问题。因失业问题涉及贸易政策，引起历史上屡现不一现〈致〉的争论，自由贸易与保护税政策。保守党与自由党，又为了一个显明的政见的不同，站在相对地位；原来分裂的自由党，重复团圆，阿斯葵斯与鲁意乔治，重复亲吻修好，一致对敌。总选举的结果，也给了劳工党不少的刺激，益发鼓动他们几年来蕴涵着的理想。我好久不看英国报了，这次偶然翻阅，只觉得那边无限的生趣，益发对比出此地的陋与闷，最有趣的是一位戏剧家（A. A. Milne）①的一篇讥讽文章，很活现的写出英国人政治活动的方法与状态，我自己看得笑不可仰，所以把他翻译过来，这也是引起我写这篇文字的一个原因。我以为一个国总要像从前的雅典，或是现在的英国一样，不说有智识阶级，就这次等阶级社会的妇女，王家三阿嫂与李家四大妈等等，都感觉到政治的兴味，都想强勉他们的理解力，来讨论现实的政

---

① A. A. Milne：米尔恩(1850—1913)，英国幽默作家，作品有轻喜剧《皮姆先生过去了》等。

治问题。那时才可以算是有资格试验民主政治，那时我们才可以希望"卖野人头"的革命大家与做统一梦的武人归他们原来的本位，凭着心智的清明来清理政治的生活。这日子也许很远，但希望好总不是罪过。

保守党的统一联合会，为这次保护税的问题，出了一本小册子，叫做《隔着一垛园墙》（"Over the Garden Wall"），里是两位女太太的谈话，假定说是王家三阿嫂与李家四大妈。三阿嫂是保守党，她把为什么要保护贸易的道理讲给四大妈听，末了四大妈居然听懂了。那位滑稽的密尔商先生就借用这个题目，做了一篇短文，登在十二月一日的《伦敦国民报》—The Nation and the Athenaeum—里，挖苦保守党这种宣传方法，下面是翻译。

她们是紧邻；因为她们后园的墙头很低，她们常常可以隔着园墙谈天。你们也许不明白她们在这样的冷天，在园里有什么事情干，但是你不要忙，她们在园里是有道理的。这分明是礼拜一，那天李家四大妈刚正洗完了衣服，在园里挂上晒绳去。王家三阿太，我猜起来，也在园里把要洗的衣服包好了，预备送到洗衣作里去的。三阿太分明是家境好些的。我猜想她家里是有女佣人的，所以她会有工夫去到联合会专为妇女们的演讲会去到会，然后回家来再把听来的新闻隔着园墙讲给四大妈听，四大妈自己看家，没有工夫到会。大冷天站在园里当然是不会暖和的，并且还要解释这样回答那样，隔壁那位太太正在忙着洗衣服，她自己头颈上围着她的海獭皮围巾；但是我想像三阿太站在那里，一定不时的哈气着她冻冷的手指，并且心里还在抱怨四大妈的家境太低；或是她自己的太高，否则，她们倒可以舒舒服服，坐在这家或是那家的灶间里讲话，省得在露天冒风着冷。但是这可不成功。上帝保佑统一党，让邻居保留她名分的地位。李家四大妈有一个可笑的主意（我不知道她那里来的，因为她从不出门），她以为在这个国度里，要是实行了保护政策，各样东西一定要贵，我料想假如三阿太有这样勇气，老实对她说不是的，保护税倒反而可以使东西着实着实便宜，那时四大妈一定一面从她口里取出一只木钉，把她男人的衬裤别在绳子上，一面回答三阿太说"噢那就好了"，下回她要去投票，她准投统一党了；这样国家就有救了。但是在这样的天气站在园子里，不由得三阿太或是任何人挫气。三阿太哈着她的手指，她决意不冒险。她情愿把开会的情形从头至尾讲一个清楚。东西是不会得认真的便宜多少，但是——吷，你听了就明白了。

我恐怕她过于自信了。

所以三阿太就开头讲，她说外国来的工人，比我们自己的便宜，因为工会（"可不是！"她急急的接着说）一定要求公平的工资，短少的工作时间，以及工厂里的种种设备——她忽然不说下去了，心里在迟疑不知道说对了没有。四大妈转过身子去，这一会儿她像是要开口问什么蠢话似的；可是并不。她转过身去，也就把她小儿子亨利的衬裤，从衣篮里拿了出来。一面王三阿太立定主意把在保护政策的国家的工资，工时，工厂设备等等暂时放开不提，她单是说国家是要采用了保护政策，她们的出货一定便宜得多。结果怎么样呢？"你同我以及所有做工的妇人临到买东西的时候，就拣顶便宜的买，再也不想——意思说是买外国货。""不一定不想。"四大妈确定的说。三阿太老实说她的小册子上是什么说。照书上写着，四大妈在这里是不应得插嘴的。这一路的解说都是不容易的。总选举要是在夏天多好！在这样大冷天叫谁用心去？这段话也不容易讲不是？但是她最末了的那句话，至少是没有错儿；这不是在小册子上明明的印着："你与我以及所有做工的妇人都拣到最便宜的东西买再也不想想。"再也不想想，真是的！一个做工的妇人临到买东西不想想，还叫她想什么去？

那是闲话，再来正经，四大妈还不明白大家要是尽买便宜的外国货，结果便怎样。她要是真不明的，让她别害怕，老实的说就是。三阿太是妇女工会里的会员，她最愿意讲解给她听。

四大妈懂得。结果货物的价钱愈落愈低。

三阿太又着急的翻开了那本小册子来对，但是这一次四大妈的答话没有错。现在来打她一下。

"不，四大妈，平常人的想法就错在这儿。市上要是只有便宜的外国货，我们就没有得钱去买东西，因为我们的丈夫就要没有事情做，攒不了钱了。"四大妈是打倒了。不，她并不是。她亮着嗓音说她的丈夫还是有事情做并没有失业。这女人多麻烦！她的男人是怎么回事？小册子里并没有提起他。三阿太只当做没有听见男人不男人，只当她说（她应该那么说，要是她知道小册子上是这样的派定她），"你倒讲一讲里面的道理给我听听"，三阿太抽了一口长气，讲给她听了。"要是我们都买外国货，那就没有人去买英国本国工人做的东西了；既然没有人买，也就没有人做了，这不是工作少了，我们自己大部分的工人就没有事情做了；这不是我们化了钱让德国法国美国的工人吃得饱饱赚得满满的，我们自己人倒是失了业，挨饿。可不是！这你没有法子反驳了不是？"

还是不一定。四大妈转过身来说，"你说什么，我的乖?"这一来三阿太可是真不愿意了。她说，"噢嘿!"这不是小册子上规定的，但方才不多一忽儿四大妈曾经叹了一声完完全全的"哼呼!"三阿太心里想（我想她想得对的）在这种情形之下，她也应分来一个

"噢嘿！"

"你说什么来了？乖呀？这风吹过衣服来把我的头都蒙住了。我像是听你说什么做工。你也说天冷，是不是你哪？天这么冷，你又没有事做，何必跑到园里来冒凉呢。三阿太顿她的脚。

"有的是。我分该跑出来，把统一党的保护政策的道理讲给你听。我说'只要你耐心的听一忽儿，我就简简单单的把这件事讲给你听。'可是你又不耐心听，你应该是这么说的：——'可不是，三阿太！够明白了。你这么一讲，我全懂得了。可是你又没有那么说！你倒反而尽在叫着我乖呀，乖呀。我也说，'所以顶好是去做一个统一党联合会的女会员，去到她们的会里，你瞧！什么事你都明白得了。在那儿！我自己就亏到了会才明白。'我全懂得怎么样！我们要是一加关税，外国货就不容易进来，我们自己的劳工就受了保护不是？"

"再说他们要是进来，就替我们完税，我们还得让自己属地澳大利亚洲的进口货不出钱，省得自己抢自己的市场；还有什么'报复主义'，这就是说外国货收税，保护了自己的工人，替我们完了税，奖励了帝国的商业，这就可以利用来威吓外国。我全懂得，顶明白——可是你现在只叫着我乖呀，乖呀，一面我冷得冻冰，我本没有人家那么强壮，我想这真是不公平。"她眼泪都出来了。"得了，得了，我的乖！"四大妈说。"你快进屋子去，好好的喝一杯热茶。……喔，我说我就有一句话要问你。"

"不要太难了，"三阿太哽咽着说。"别急，乖呀。我就不懂得为什么他们叫做统一党党员？"三阿太赶紧跑回她的灶间去了。

四

王家三阿太是已经逃回她的暖和的灶间去了；李家四大妈也许还

在园里收拾她的衣服，始终没有想通什么叫做统一党，也没有想清楚保护究竟是便宜还是吃亏，也没有明白这么大冷天隔壁三阿太又不晒衣服，冒着风站在园里为的是什么事……这都是不相干的，我们可以不管。这篇短文，是一篇绝妙的嘲讽文章，刻薄尽致，诙谐亦尽致，他在一二千个字里面，把英国中下级妇女初次参与政治的头脑与心理以及她们实际的生活，整个儿极活现的写了出来。王家三阿太分明比她的邻居高明得多，她很要争气，很想替统一党（她的党）尽力，凭着一本小册子的法宝，想说服她的比邻，替统一党要多挣几张票。但是这些政治经济政策以及政党张罗的玩意儿，三阿太究竟懂得不懂得，她自己都不敢过分的相信——所以结果她只得逃回去烤火！

这种情形是实在有的。我们尽管可怜三阿太的劳而无功，尽管笑话四大妈的冥顽不灵，但如果政治的中国能够进化到量米烧饭的平民都有一天感觉到政治与自身的关系，也会得仰起头来，像四大妈一样，问一问究竟统一党联合会是什么意思，——我想那时我们的政治家与教育家（果真要是他们的功劳）就不妨着实挺一挺眉毛了。

给抱怨生活干燥的朋友

新月社于此后一个月成立,此时的徐志摩一定
踌躇满志,干劲十足,对那些抱怨生活干燥、无聊的
朋友自然颇有兴致为他们答疑解惑。

一九二四年二月二十六日作;载一九二四年三
月十日《小说月报》第十五卷第三号,题为《一封信
(给抱怨生活干燥的朋友)》;又载一九二四年三月
二十一日《晨报·文学旬刊》,改题为《给生活干燥
的朋友》,署名志摩;初收一九六九年台湾传记文学
出版社《徐志摩全集》第六辑。采自《晨报·文
学旬刊》。

得到你的信,像是掘到了地下的珍藏,一样的希罕,一样的
宝贵;

看你的信,像是看古代的残碑,表面是模糊的,意致却是深
微的;

又像是在尼罗河旁边暮夜，在月亮正照著①金字塔的时候，梦见一个黄金袍服的帝王，对著我作谜语，我知道他的意思，他说，我无非是一个体面的木乃伊；

又像是我在雾里山脚下半夜梦醒时听见松林里夜鹰的 Soprano②，可怜的遭人厌毁的鸟，他虽则没有子规那样天赋的妙舌，但我却懂得他的怨忿，他的理想，他的急调是他的嘲讽与咒诅：我知道他怎样的鄙蔑一切，鄙蔑光明，鄙蔑烦嚣的燕雀，也鄙弃自喜的画眉；

又像是我在普渡山发现的一个奇景：外面看是一大块的岩石，但里面却早被海水蚀空，只剩罗汉头似的一个脑壳，每次海涛向这岛身搂抱时，发出极奥妙的音响，像是情话，像是咒诅，像是祈祷，在雕空的石笋，钟乳间呜咽，像是大和琴的谐音在皋雪格的花橡，石榴间回荡——但除非你有耐心与勇气，攀下几重的石岩，俯身下去凝神的察看与倾听，你也许永远不会想像，不必说发现这样的秘密；

又像是……但是我知道，朋友，你已经听够了我的比喻；也许愿意听我自然的嗓音，与不做作的语调，不愿意收受用幻想的亮箔包裹着的话，虽则，我不能不补一句，你自己就是最喜欢从一个弯曲的白银喇叭里，吹弄你的古怪的调子。

你说风大土大生活干燥；这话仿佛是一阵奇怪的凉风，使我感觉一个恐惧的战栗；像一团飘零的秋叶，使我的灵魂里吊下③一滴悲悯的清泪；

我的记忆里，我似乎自信，并不是没有葡萄酒的颜色与香味，并不是没有妩媚的微笑的痕迹，我想我总可以抵抗你那句灰色的语调的影响——

---

① 著：现通用为"着"，诸如照著、对著、挨著、跟著。
② Soprano：女高音。
③ 吊下：现通用为"掉下"。

是的，昨天下午我在田里散步的时候，我不是分明看见两块凶恶的黑云消灭在太阳猛烈的光焰里，五只小山羊，兔子一样的白净，听著她们妈的吩咐在路旁寻草吃，三个捉草的小孩在一个稻屯前抛掷镰刀，自然的活泼给我不少的鼓舞，我对著白云里的宝塔喊说我知道生命是有意趣的；

今天太阳不会出来，一捆捆灰色的云在空中紧紧的挨著，你的那句话碰巧又来添上了几重云蒙，我又疑惑我昨天的宣言了；

我也觉得奇怪，朋友，何以你那句话在我的心里，竟像白垩涂在玻璃上，这半透明的沉闷是一种很巧妙的刑罚，我差不多要喊痛了；

我向我的窗外望，暗沉沉的一片，也没有月亮，也没有星光，日光更不必想，他早已离别了，那边黑蔚蔚的是林子，树上，我知道，是夜鸦的寓处，树下累累的在初夜的微芒中排列著，我也知道，是坟墓，僵的白骨埋在硬的泥里，磷火也不见一星，这样的静，这样的惨，黑夜的胜利是完全的了；

我闭著眼向我的灵府里问讯，呀，我竟寻不到一个与干燥脱离的生活的意像①，干燥像一个影子永远跟著生活的脚后，又像是葱管，永远附著在生活的头顶，这是一件奇事。

朋友，我抱歉，我不能答复你的话，虽则我很想；我不是爽恺的西风，吹不散天上的云罗，我手里只有一把粗拙的泥锹，如其有美丽的理想或是希望要埋葬时，我的工作到底是现成的——我也有过我的经验；

朋友，我并且恐怕，说到最后，我只得收受你的影响，因为你那句话已经凶狠的咬入我的心里，像一个有毒的蝎子，已经沈沈的压在我的心上，像一块盘陀石，我只能忍耐，我只能忍耐……

二月二十六日

---

① 意像：现通用为"意象"。

落　叶

这是作者当时在北京师范大学讲演的讲演稿。他想要回答青年学生提出的如何解决生活枯燥和苦闷的问题。穆木天在《徐志摩论》中说："《落叶》诗篇是充满着浪漫蒂克的自白,充满着康桥时代的憧憬。"

载一九二四年十二月一日《晨报六周年纪念增刊》;初收一九二六年六月北京北新书局散文集《落叶》。采自《落叶》。

前天你们查先生来电话要我讲演，我说但是我没有什么话讲，并且我又是最不耐烦讲演的。 他说：你来罢，随你讲，随你自由的讲，你爱说什么就说什么。 我们这里你知道这次开学情形很困难，我们学生的生活很枯燥很闷，我们要你来给我们一点活命的水。 这话打动了我。 枯燥，闷，这我懂得。 虽则我与你们诸君是不相熟的，但这一件事实，你们感觉生活枯闷的事实，却立即在我与诸君无形的关系间，发生了一种真的深切的同情。 我知道烦闷是怎么样一个不成形不讲情理的怪物，他来的时候，我们的全身仿佛被一个大蛛蜘网①盖住了，好容易挣出了这条手臂，那条又叫黏住了。 那是一个可怕的网子。 我也认识生活枯燥，他那可厌的面目，我想你们也都很认识他。 他是无所不在的，他附在各个人的身上，他现在各个人的脸上。 你望望你的朋友去，他们的脸上有他，你自己照镜子去，你的脸上，我想，也有他。 可怕的枯燥，好比是一种毒剂，他一进了我们的血液，我们的性情，我们的皮肤就变了颜色，而且我怕是离着生命远，离着坟墓近的颜色。

我是一个信仰感情的人，也许我自己天生就是一个感情性的人。比如前几天西风到了，那天早上我醒的时候是冻着才醒过来的，我看着纸窗上的颜色比往常的淡了，我被窝里的肢体像是浸在冷水里似的，我也听见窗外的风声，吹着一颗②枣树上的枯叶，一阵一阵的掉下来，在地上卷着，沙沙的发响，有的飞出了外院去，有的留在墙角边转着，那声响真像是叹气。 我因此就想起这西风，冷醒了我的梦，吹散了树上的叶子，他那成绩在一般饥荒贫苦的社会里一定格外的可惨。 那天我出门的时候，果然见街上的情景比往常不同了，穷苦的老头小孩全躲在街角上发抖，他们迟早免不了树上枯叶子的命运。 那一天我就觉得特别的闷，差不多发愁了。

因此我听着查先生说你们生活怎样的烦闷，怎样的干枯，我就很懂得，我就愿意来对你们说一番话。 我的思想——如其我有思想——永远不是成系统的。 我没有那样的天才。 我的心灵的活动是冲动性的，简直可以说痉挛性的。 思想不来的时候，我不能要他来，他来的

---

① 蛛蜘网：现通用为"蜘蛛网"。
② 一颗：现通用为"一棵"。

时候，就比如穿上一件湿衣，难受极了，只能想法子把他脱下。 我有一个比喻，我方才说起秋风里的枯叶；我可以把我的思想比作树上的叶子，时期没有到，他们是不很会掉下来的；但是到时期了，再要有风的力量，他们就只能一片一片的往下落；大多数也许是已经没有生命了的，枯了的，焦了的，但其中也许有几张还留着一点秋天的颜色，比如枫叶就是红的，海棠叶就是五彩的。 这叶子实用是绝对没有的；但有人，比如我自己，就有爱落叶的癖好。 他们初下来时颜色有很鲜艳的，但时候久了，颜色也变，除非你保存得好。 所以我的话，那就是我的思想，也是与落叶一样的无用，至多有时有几痕生命的颜色就是了。 你们不爱的尽可以随意的踩过，绝对不必理会；但也许有少数人有缘分的，不责备他们的无用，竟许会把他们检起来①揣在怀里，夹在书里，想延留他们幽澹②的颜色。 感情，真的感情，是难得的，是名贵的，是应当共有的；我们不应得拒绝感情，或是压迫感情，那是犯罪的行为，与压住泉眼不让上冲，或是掐住小孩不让喘气一样的犯罪。 人在社会里本来是不相连续的个体。 感情，先天的与后天的，是一种线索，一种经纬，把原来分散的个体织成有文章的整体。 但有时线索也有破烂与涣散的时候，所以一个社会里必须有新的线索继续的产出，有破烂的地方去补，有涣散的地方去拉紧，才可以维持这组织大体的匀整。 有时生产力特别加增时，我们就有机会或是推广，或是加添我们现有的面积，或是加密，像网球板穿双线似的。 我们现成的组织，因为我们知道创造的势力与破坏的势力，建设与溃败的势力，上帝与撒但③的势力，是同时存在的。 这两种势力是在一架天平上比着，他们很少平衡的时候，不是这头沉，就是那头沉。 是

---

① 检起来：现通用为"捡起来"。
② 幽澹：现通用为"幽淡"。
③ 撒但：现通用为"撒旦"。

的，人类的命运是在一架大天平上比着，一个巨大的黑影，那是我们集合的化身，在那里看着，他的手里满拿着分两的法码①，一会往这头送，一会又往那头送，地球尽转着，太阳，月亮，星，轮流的照着，我们的运命永远是在天平上称着。

我方才说网球拍，不错，球拍是一个好比喻。你们打球的知道网拍上那里几根线是最吃重，最要紧，那几根线要是特别有劲的时候，不仅你对敌时拉球，抽球，拍球格外来的有力，出色，并且你的拍子也就格外的经用。少数特强的分子保持了全体的匀整。这一条原则应用到人道上，就是说，假如我们有力量加密，加强我们最普通的同情线，那线如其穿连得到所有跳动的人心时，那时我们的大网子就坚实耐用，天津人说的，就有根。不问天时怎样的坏，管他雨也罢，云也罢，霜也罢，风也罢，管他水流怎样的急，我们假如有这样一个强有力的大网子，那怕不能在时间无尽的洪流里——早晚网起无价的珍品，那怕不能在我们运命的天平上重重的加下创造的生命的分量？

所以我说真的感情，真的人情，是难能可贵的，那是社会组织的基本成分。初起也许只是一个人心灵里偶然的震动，但这震动，不论怎样的微弱，就产生了及远的波纹；这波纹要是唤得起同情的反应时，原来细的便并成了粗的，原来弱的便合成了强的，原来脆性的便结成了韧性的，像一缕缕的苎麻打成了粗绳似的；原来只是微波，现在掀成了大浪，原来只是山罅里的一股细水，现在流成了滚滚的大河，向着无边的海洋里流着。比如耶稣在山头上的训道（Sermon on the Mount），还不是有限的几句话，但这一篇短短的演说，却制定了人类想望的止境，建设了绝对的价值的标准，创造了一个纯粹的完全的宗教。那是一件大事实，人类历史上一件最伟大的事实。再比如释迦

---

① 法码：现通用为"砝码"。

牟尼感悟了生老病死的究竟，发大慈悲心，发大勇猛心，发大无畏心，抛弃了他人间的地位，富与贵，家庭与妻子，直到深山里去修道，结果他也替苦闷的人间打开了一条解放的大道，为东方民族的天才下一个最光华的定义。那又是人类历史上的一件奇迹。但这样大事的起原①还不止是②一个人的心灵里偶然的震动。可不仅仅是一滴最透明的真挚的感情滴落在黑沉沉的宇宙间？

感情是力量，不是知识。人的心是力量的府库，不是他的逻辑。有真感情的表现，不论是诗是文是音乐是雕刻或是画，好比是一块石子掷在平面的湖心里，你站着就看得见他引起的变化。没有生命的理论，不论他论的是什么理，只是拿石块扔在沙漠里，无非在干枯的地面上添一颗干枯的分子，也许掷下去时便听得出一些干枯的声响，但此外只是一大片死一般的沈寂了。所以感情才是成江成河的水泉，感情才是织成大网的线索。

但是我们自己的网子又是怎么样呢？现在时候到了，我们应当张大了我们的眼睛，认明白我们周围事实的真相。我们已经含糊了好久，现在再不容含糊的了。让我们来大声的宣布我们的网子是坏了的，破了的，烂了的；让我们痛快的宣告我们民族的破产，道德，政治，社会，宗教，文艺，一切都是破产了的。我们的心窝变成了蠹虫的家，我们的灵魂里住着一个可怕的大谎！那天平上沉着的一头是破坏的重量，不是创造的重量；是溃败的势力，不是建设的势力；是撒但的魔力，不是上帝的神灵。霎时间这边路上长满了荆棘，那边道上涌起了洪水，我们头顶有骇人的声响，是雷霆还是炮火呢？我们周围有哭声与笑声，哭是我们的灵魂受污辱的悲声，笑是活着的人们疯魔

---

① 起原：现通用为"起源"。
② 不止是：现通用为"不只是"。

了的狞笑，那比鬼哭更听的可怕，更凄惨。 我们张开眼来看时，差不多更没有一块干净的土地，那一处不是叫鲜血与眼泪冲毁了的；更没有平安的所在，因为你即使忘得了外面的世界，你还是躲不了你自身的烦闷与苦痛。 不要以为这样混沌的现象是原因于经济的不平等，或是政治的不安定，或是少数人的放肆的野心。 这种种都是空虚的，欺人自欺的理论，说着容易，听着中听，因为我们只盼望脱卸我们自身的责任，只要不是我的分，我就有权利骂人。 但这是，我着重的说，懦怯的行为；这正是我说的我们各个人灵魂里躲着的大谎！你说少数的政客，少数的军人，或是少数的富翁，是现在变乱的原因吗？我现在对你说：先生，你错了，你很大的错了，你太恭维了那少数人，你太瞧不起你自己。 让我们一致的来承认，在太阳普遍的光亮底下承认，我们各个人的罪恶，各个人的不洁净，各个人的苟且与懦怯与卑鄙！我们是与最肮赃①的一样的肮赃，与最丑陋的一般的丑陋，我们自身就是我们运命的原因。 除非我们能起拔了我们灵魂里的大谎，我们就没有救度；我们要把祈祷的火焰把那鬼烧净了去，我们要把忏悔的眼泪把那鬼冲洗了去，我们要有勇敢来承当罪恶；有了勇敢来承当罪恶，方有胆量来决断罪恶。 再没有第二条路走。 如其你们可以容恕我的厚颜，我想念我自己近作的一首诗给你们听，因为那首诗，正是我今天讲的话的更集中的表现——

一、毒　　药

今天不是我唱歌的日子，我口边涎着狞恶的微笑。 不是我说笑的日子，我胸怀间插着发冷光的利刃；相信我，我的思想是恶毒的，因为这世界是恶毒的，我的灵魂是黑暗的，因为太阳已经灭绝了光彩，

---

① 肮赃：现通用为"肮脏"。

我的声调是像坟堆里的夜鸮①，因为人间已经杀尽了一切的和谐，我的口音像是冤鬼责问他的仇人，因为一切的恩已经让路给一切的怨；

但是相信我，真理是在我的话里，虽则我的话像是毒药，真理是永远不含糊的，虽则我的话里仿佛有两头蛇的舌，蝎子的尾尖，蜈蚣的触须；只因为我的心里充满着比毒药更强烈，比咒诅更狠毒，比火焰更猖狂，比死更深奥的不忍心与怜悯心与爱心，所以我说的话是毒性的，咒诅的，燎灼的，虚无的；

相信我，我们一切的准绳已经埋没在珊瑚土打紧的墓宫里，你们最劲冽的祭肴的香味也穿不透这严封的地层：一切的准则是死了的；

我们一切的信心像是顶烂在树枝上的风筝，我们手里擎着这道断了的鹞线：一切的信心是烂了的；

相信我，猜疑的巨大的黑影，像一块乌云似的，已经笼盖着人间一切的关系：人子不再悲哭他新死的亲娘，兄弟不再来携着他姊妹的手，朋友变成了寇仇，看家的狗回头来咬他主人的腿：是的，猜疑淹没了一切；

在路旁坐着啼哭的，在街心里站着的，在你窗前探望的，都是被奸污的处女；池潭里只见烂破的鲜艳的荷花；

在人道恶浊的涧水里流着，浮荇似的，五具残缺的尸体,他们是仁义礼智信，向着时间无尽的海澜里流去；

这海是一个不安靖②的海，波涛昌厥③的翻着，在每个浪头的小白帽上分明的写着人欲与兽性；

到处是奸淫的现象：贪心搂抱着正义，猜忌逼迫着同情，懦怯狃

---

① 夜鸮：现通用为"夜枭"。
② 安靖：疑为作者的笔误，似应为"安静"。
③ 昌厥：现通用为"猖獗"。

亵着勇敢，肉欲侮弄着恋爱，暴力侵陵①着人道，黑暗践踏着光明；

听呀，这一片淫猥的声响，听呀，这一片残暴的声响；

虎狼在热闹的市街里，强盗在你们妻子的床上，罪恶在你们深奥的灵魂里……

二、白　　旗

来，跟着我来，拿一面白旗在你们的手里——不是上面写着激动怨毒，鼓励残杀字样的白旗，也不是涂着不洁净血液的标记的白旗，也不是画着忏悔与咒语的白旗（把忏悔画在你们的心里）；

你们排列着，噤声的，严肃的，像送丧的行列，不容许脸上留存一丝的颜色，一毫的笑容，严肃的，噤声的，像一队决死的兵士；

现在时辰到了，一齐举起你们手里的白旗，像举起你们的心一样，仰看着你们头顶的青天，不转瞬的，惶恐的，像看着你们自己的灵魂一样；

现在时辰到了，你们让你们熬着，壅着，迸裂着，滚沸着的泪流，直流，狂流，自由的流，痛快的流，尽性的流，像山水出峡似的流，像暴雨倾盆似的流……

现在时辰到了，你们让你们咽着，压迫着，挣扎着，汹涌着的声音嚎，直嚎，狂嚎，放肆的嚎，凶狠的嚎，像飓风在大海波涛间的嚎，像你们丧失了最亲爱的骨肉时的嚎……

现在时辰到了，你们让你们回复了的天性忏悔，让眼泪的滚油煎净了的，让悲恸的雷霆震醒了的天性忏悔，默默的忏悔，悠久的忏悔，沈澈的忏悔，像冷峭的星光照落在一个寂寞的山谷，像一个黑衣

---

① 侵陵：现通用为"侵凌"。

的尼僧匍伏①在一座金漆的神龛前；

……

在眼泪的沸腾里，在嚎恸的酣澈里，在忏悔的沈寂里，你们望见了上帝永久的威严。

三、婴　　儿

我们要盼望一个伟大的事实出现，我们要守候一个馨香的婴儿出世：——

你看他那母亲在她生产的床上受罪！

她那少妇的安详，柔和，端丽，现在在剧烈的阵痛里变形成不可信的丑恶：你看她那遍体的筋络都在她薄嫩的皮肤底里暴涨着，可怕的青色与紫色，像受惊的水青蛇在田沟里急泅似的，汗珠贴在她的前额上像一颗颗的黄豆，她的四肢与身体猛烈的抽搐着，畸屈着，奋挺着，纠旋着，仿佛她垫着的席子是用针尖编成的，仿佛她的帐围是用火焰织成的；

一个安详的，镇定的，端庄的，美丽的少妇，现在在绞痛的惨酷里变形成魔鬼似的可怖：她的眼，一时紧紧的阖着，一时巨大的睁着，她那眼，原来像冬夜池潭里反映着的明星，现在吐露着青黄色的凶焰，眼珠像是烧红的炭火，映射出她灵魂最后的奋斗，她的唇，原来是朱红色的，现在像是炉底的冷灰，她的口颤着，橛着，扭着，死神的热烈的亲吻不容许她一息的平安，她的发是散披着，横在口边，漫在胸前，像揪乱的麻丝，她的手指间，还紧抓着几穗拧下来的乱发；

这母亲在她生产的床上受罪：——

---

① 匍伏：现通用为"匍匐"。

但是她还不曾绝望，她的生命挣扎着血与肉与骨与肢体的纤微，在危崖的边沿上，抵抗着，搏斗着，死神的逼迫；

她还不曾放手，因为她知道(她的灵魂知道!)这苦痛不是无因的，因为她知道她的胎宫里孕育着一点比她自己更伟大的生命的种子，包涵着一个比一切更永久的婴儿；

因为她知道这苦痛是婴儿要求出世的征候，是种子在泥土里爆裂成美丽的生命的消息，是她完成她自己生命的使命的机会；

因为她知道这忍耐是有结果的，在她剧痛的昏瞀中，她仿佛听着上帝准许人间祈祷的声音，她仿佛听着天使们赞美未来的光明的声音；

因此她忍耐着，抵抗着，奋斗着……她抵拼绷断她遍体的纤微，她要赎出在她胎宫里动荡着的生命，在她一个完全，美丽的婴儿出世的盼望中，最锐利，最沈酣的痛感逼成了最锐利最沈酣的快感……

这也许是无聊的希冀，但是谁不愿意活命，就使到了绝望最后的边沿，我们也还要妄想希望的手臂从黑暗里伸出来挽着我们。我们不能不想望这苦痛的现在只是准备着一个更光荣的将来，我们要盼望一个洁白的肥胖的活泼的婴儿出世!

新近有两件事实，使我得到很深的感触。让我来说给你们听听。

前几时有一天俄国公使馆挂旗，我也去看了。加拉罕站在台上，微微的笑着，他的脸上发出一种严肃的青光，他侧仰着他的头看旗上升时，我觉着了他的人格的尊严，他至少是一个有胆有略的男子，他有为主义牺牲的决心，他的脸上至少没有苟且的痕迹，同时屋顶那根旗杆上，冉冉的升上了一片的红光，背着窈远没有一斑云彩的青天。那面簇新的红旗在风前料峭的袅荡个不定。这异样的彩色与声响引起了我异样的感想。是腼腆，是骄傲，还是鄙夷，如今这红旗初次面对着我们偌大的民族？在场人也有拍掌的，但只是断续的拍掌，这就算是我想我们初次见红旗的敬意；但这又是鄙夷，骄傲，还是惭愧呢？那红色是一个伟大的象征，代表人类史里最伟大的一个时期；不仅标示俄国民族流血的成绩，却也为人类立下了一个勇敢尝试的榜样。在那旗子抖动的声响里我不仅仿佛听出了这近十年来那斯拉夫民族失败与胜利的呼声，我也想像到百数千年前法国革命时的狂热，一七八九年七月四日那天，巴黎市民攻破巴士梯亚牢狱时的疯癫。自由，平等，友爱！友爱，平等，自由！你们听呀，在这呼声里人类理想的火焰一直从地面上直冲破天顶，历史上再没有更重要更强烈的转变的时期。卡莱尔（Carlyle）①在他的法国革命史里形容这件大事有三句名句，他说，"To describe this Scene rans ends the talent of mortals. After four hours of world Bed'am it surrenders. The Bastille is down!" 他说："要形容这一景超过了凡人的力量。过了四小时的疯狂他（那大牢）投降了。巴士梯亚是下了！"打破一个政治犯的牢狱不算是了不得的大事，但这事实里有一个象征。巴士梯亚是代表阻碍自由的势力，巴黎士民的攻击是代表全人类争自由的势力，巴士梯亚的"下"是人类理想胜利的凭证。自由，平等，友爱！友爱，平等，自由！法国人在百几十年前猖狂的叫着。这叫声还在人类的性灵里荡着。我们不好像听见吗，虽则隔着百几十年光阴的旷野。如今凶恶的巴士梯亚又在我们的面前堵着；我们如其再不发疯，他那牢门上的铁钉，一个个都快刺透我们的心胸了！

这是一件事。还有一件是我六月间伴着泰戈尔到日本时的感想。早七年我过太平洋时曾经到东京去玩过几个钟头，我记得到上野公园

---

① Carlyle：卡莱尔（1795—1811），苏格兰散文作家、历史学家，作品有《法国革命》和《论英雄、英雄崇拜和历史上的英雄事迹》等。

去，上一座小山去下望东京的市场，只见连绵的高楼大厦，一派富盛繁华的景象。 这回我又到上野去了，我又登山去望东京城了，那分别可太大了！房子，不错，原是有的；但从前是几层楼的高房，还有不少有名的建筑，比如帝国剧场、帝国大学等等，这次看见的，说也可怜，只是薄皮松板暂时支着应用的鱼鳞似的屋子，白松松的像一个烂发的花头，再没有从前那样富盛与繁华的气象。 十九的城子都是叫那大地震吞了去烧了去的。 我们站着的地面平常看是再坚实不过的，但是等到他起兴时小小的翻一个身，或是微微的张一张口，我们脆弱的文明与脆弱的生命就够受。 我们在中国的差不多是不能想着世界上，在醒着的不是梦里的世界上，竟可以有那样的大灾难。 我们中国人是在灾难里讨生活的，水，旱，刀兵，盗劫，那一样没有，但是我敢说我们所有的灾难合起来也抵不上我们邻居一年前遭受的大难。 那事情的可怕，我敢说是超过了人类忍受力的止境。 我们国内居然有人以日本人这次大灾为可喜的，说他们活该，我真要请协和医院大夫用 X 光检查一下他们那几位，究竟他们是有没有心肝的。 因为在可怕的运命的面前，我们人类的全体只是一群在山里逢着雷霆风雨时的绵羊，那里还能容什么种族政治等等的偏见与意气？我来说一点情形给你们听听，因为虽则你们在报上看过极详细的记载，不曾亲自察看过的总不免有多少距离的隔膜。 我自己未到日本前与看过日本后，见解就完全的不同。 你们试想假定我们今天在这里集会，我讲的，你们听的，假如日本那把戏轮着我们头上来时，要不了的搭的搭的搭的三秒钟，我与你们与讲台与屋子就永远诀别了地面，像变戏法似的，影踪都没了。 那是事实，横滨有好几所五六层高的大楼，全是在三四秒时间内整个儿与地面拉一个平，全没了。 你们知道圣书里面形容天降大难的时候，不要说本来脆弱的人类完全放弃了一切的虚荣，就是最猛鸷的野兽与飞禽也会在刹时间变化了性质，老虎会像小猫似的挨着你躲着，利喙的鹰鹳会得躲入鸡棚里去窝着，比鸡还要驯服。 在那样非常的变动时，他们也好似觉悟了这彼此同是生物的亲属关系，在天怒的跟前同是剥夺了抵抗力的小虫子，这里面就发生了同命运的同情。 你们试想就东京一地说，二三百万的人口，几十百年辛勤的成绩，突然的面对着最后审判的实在，就在今天我们回想起当时他们全城子像一个滚沸的油锅时的情景，原来热闹的市场变成了光焰万丈的火盆，在这里面人类最集中的心力与体力的成绩全变了燃料，在这里面艺术教育政治社会人的骨与肉与血都化成了灰烬，还有百十万男女老小的哭嚷声，这哭声本体就可以摇动天地，——我们不要说亲身经历，就是坐在椅子上想像这样不可信的情景时，也不免觉得害怕不是？ 那可不是顽儿①的事情。 单只描写那样的大变，恐怕至少就须要荷马或是莎士比亚的天才。 你们试想在那时候，假如你们亲身经历时，你的心理该是怎么样？ 你还恨你的仇人吗？ 你还不饶恕你的朋友吗？ 你还沾恋你个人的私利吗？ 你还有欺哄人的机会吗？ 你还有什么希望吗？ 你还不搂住你身旁的生物，管他是你的妻子，你的老子，你的听差，你的妈，你的冤家，你的老妈子，你的猫，你的狗，把你灵魂里还剩下的光明一齐放射出来，和着你同难的同胞在这普遍的黑暗里来一个最后的结合吗？

但运命的手段还不是那样的简单。 他要是把你的一切都扫灭了，那倒也是一个痛快的结束；他可不然。 他还让你活着，他还有更苛刻的试验给你。 大难过了，你还喘着气；你的家，你的财产，都变了你脚下的灰，你的爱亲与妻与儿女的骨肉还有烧不烂的在火堆里燃着，你没有了一切；但是太阳又在你的头上光亮的照着，你还是好好的在平定的地面上站着，你疑心这一定是梦，可又不是梦，因为不久你就

---

① 顽儿：现通用为"玩儿"。

发现与你同难的人们，他们也一样的疑心他们身受的是梦。可真不是梦，是真的。你还活着，你还喘着气，你得重新来过，根本的完全的重新来过。除非是你自愿放手，你的灵魂里再没有勇敢的分子。那才是你的真试验的时候。这考卷可不容易交了，要到那时候你才知道你自己究竟有多大能耐，值多少，有多少价值。

我们邻居日本人在灾后的实际就是这样。全完了，要来就得完全来过，尽你及身的力量不够，加上你儿子的，你孙子的，你孙子的儿子的儿子的儿子的孙子的努力也许可以重新撑起这份家私，但在这努力的经程中，谁也保不定天与地不再捣乱；你的几十年只要他的几秒钟。问题所以是你干不干？就只甘脆①的一句话，你干不干，是或否？同时也许无情的运命，扭着他那丑陋可怕的脸子在你的身旁冷笑，等着你最后的回话。你干不干，他仿佛也涎着他的怪脸问着你！

我们勇敢的邻居们已经交了他们的考卷；他们回答了一个甘脆的干字，我们不能不佩服。我们不能不尊敬他们精神的人格。不等那大震灾的火焰缓和下去，我们邻居们第二次的奋斗已经庄严的开始了。不等运命的残酷的手臂松放，他们已经宣言他们积极的态度对运命宣战。这是精神的胜利，这是伟大，这是证明他们有不可摇的信心，不可动的自信力；证明他们是有道德的与精神的准备的，有最坚强的毅力与忍耐力的，有内心潜在着的精力的，有充分的后备军的，好比说，虽则前敌一起在炮火里毁了，这只是给他们一个出马的机会。他们不但不悲观，不但不消极，不但不绝望，不但不矮着嗓子乞怜，不但不倒在地下等救，在他们看来这大灾难，只是一个伟大的载刺，伟大的鼓励，伟大的灵感，一个应有的试验，因此他们新来的态度只是双倍的积极，双倍的勇猛，双倍的兴奋，双倍的有希望；他们

---

① 甘脆：现通用为"干脆"。

仿佛是经过大战的大将，战阵愈急迫愈危险，战鼓愈打得响亮，他的胆量愈大，往前冲的步子愈紧，必胜的决心愈强。这，我说，真是精神的胜利，一种道德的强制力，伟大的，难能的，可尊敬的，可佩服的。泰戈尔说的，国家的灾难，个人的灾难，都是一种试验：除是灾难的结果压倒了你的意志与勇敢，那才是真的灾难，因为你更没有翻身的希望。

这也并不是说他们不感觉灾难的实际的难受，他们也是人，他们虽勇，心究竟不是铁打的。但他们表现他们痛苦的状态是可注意的；他们不来零碎的呼叫，他们采用一种雄伟的庄严的仪式。此次震灾的周年纪念时，他们选定一个时间，举行他们全国的悲哀；在不知是几秒或几分钟的期间内，他们全国的国民一致的静默了，全国民的心灵在那短时间内融合在一阵忏悔的，祈祷的，普遍的肃静里（那是何等的凄伟！）；然后，一个信号打破了全国的静默，那千百万人民又一致的高声悲号，悲悼他们曾经遭受的惨运；在这一声弥漫的哀号里，他们国民，不仅发泄了蓄积着的悲哀，这一声长号，也表明他们一致重新来过的伟大的决心（这又是何等的凄伟！）。

这是教训，我们最切题的教训。我个人从这两件事情——俄国革命与日本地震——感到极深刻的感想；一件是告诉我们什么是有意义有价值的牺牲，那表面紊乱的背后坚定的站着某种主义或是某种理想，激动人类潜伏着一种普遍的想望，为要达到那想望的境界，他们就不顾冒怎样剧烈的险与难，拉倒已成的建设踏平现有的基础，抛却生活的习惯，尝试最不可测量的路子。这是一种疯癫，但是有目的的疯癫；单独的看，局部的看，我们尽可以下种种非难与责备的批评，但全部的看，历史的看时，那原来纷乱的就有了条理，原来散漫的就成了片段，甚至于在经程中一切反理性的分明残暴的事实，都有了他们相当的应有的位置。在这部大悲剧完成时，在这无形的理想"物化"成事实时，在人类历史清理节账①时，所得便超过所出，赢余至少是盖得过损失的。 我们现在自己的悲惨就在问题不集中，不清楚，不一贯；我们缺少——用一个现成的比喻——那一面半空里升起来的彩色旗(我不是主张红旗我不过比喻罢了!)使我们有眼睛能看的人都不由的不仰着头望；缺少那青天里的一个霹雳，使我们有耳朵能听的不由的惊心。 正因为缺乏这样一个一贯的理想与标准(能够表现我们潜在意识所想望的)，我们有的那一部疯癫性——历史上所有的大运动都脱不了疯癫性的成分——就没有机会充分的外现，我们物质生活的累赘与沾恋，便有力量压迫住我们精神性的奋斗；不是我们天生不肯牺牲，也不是天生懦怯，我们在这时期内的确不曾寻着值得或是强迫我们牺牲的那件理想的大事，结果是精力的散漫，志气的怠惰，苟且心理的普遍，悲观主义的盛行，一切道德标准与一切价值的毁灭与埋葬。

人原来是行为的动物，尤其是富有集合行为力的。 他有向上的能力，但他也是最容易堕落的，在他眼前没有正当的方向时，比如猛兽监禁在铁笼子里。 在他的行为力没有发展的机会时，他就会随地躺了下来，管他是水潭是泥潭，过他不黑不白的猪奴的生活。 这是最可惨的现象，最可悲的趋向。 如其我们容忍这种状态继续存在时，那时每一对父母每次生下一个洁净的小孩，只是为这卑劣的社会多添一个堕落的分子，那是莫大的亵渎的罪业；所有的教育与训练也就根本的失去了意义，我们还不如盼望一个大雷霆下来毁尽了这三江或四江流域的人类的痕迹!

再看日本人天灾后的勇猛与毅力，我们就不由的不惭愧我们的穷，我们的乏，我们的寒伧。 这精神的穷乏才是真可耻的，不是物质

---

① 节账：现通用为"结账"。

的穷乏。 我们所受的苦难都还不是我们应有的试验的本身，那还差得远着哪；但是我们的丑态已经恰好与人家的从容成一个对照。 我们的精神生活没有充分的涵养，所以临着稀小的纷扰便没有了主意，像一个耗子似的，他的天才只是害怕，他的伎俩只是小偷；又因为我们的生活没有深刻的精神的要求，所以我们合群生活的大网子就缺少最吃分量最经用的那几条普遍的同情线，再加之原来的经纬已经到了完全破烂的状态，这网子根本就没有了联结，不受外物侵损时已有溃散的可能，那里还能在时代的急流里，捞起什么有价值的东西？ 说也奇怪，这几千年历史的传统精神非但不曾供给我们社会一个巩固的基础，我们现在到了再不容隐讳的时候，谁知道我们发现的桩子，只是在黄河里造桥，打在流沙里的！

难怪悲观主义变成了流行的时髦！但我们年轻人，我们的身体里还有生命跳动，脉管里多少还有鲜血的年轻人，却不应当沾染这最致命的时髦，不应当学那随地躺得下去的猪，不应当学那苟且专家的耗子，现在时候逼迫了，再不容我们霎那的含糊。 我们要负我们应负的责任，我们要来补织我们已经破烂的大网子，我们要在我们各个人的生活里抽出人道的同情的纤维来合成强有力的绳索，我们应当发现那适当的象征，像半空里那面大旗似的，引起普遍的注意；我们要修养我们精神的与道德的人格，预备忍受将来最难堪的试验。 简单的一句话，我们应当在今天——过了今天就再没有那一天了——宣布我们对于生活基本的态度。 是是还是否；是积极还是消极；是生道还是死道；是向上还是堕落？在我们年轻人一个字的答案上就挂着我们全社会的运命的决定。 我盼望我至少可以代表大多数青年，在这篇讲演的末尾，高叫一声——用两个有力量的外国字——

"Everlasting yea！"①

---

① "Everlasting yea！"：永远的是；yea，口头表决表示同意的说法。

罗素与幼稚教育

一九二五年七月徐志摩在第二次访问英国期间，曾探望罗素夫妇，他们教育孩子的方式给徐志摩留下了深刻印象。《罗素与幼稚教育》以罗素对自己孩子的教育理念和实践为依据，讨论了中国儿童教育所陷入的危机和应该寻找的出路。

载一九二六年五月十日、十二日《晨报副刊》，署名志摩；初收一九八〇年台湾时报文化出版事业有限公司《徐志摩诗文补遗》。采自《晨报副刊》。

我去年七月初到康华尔（Cornwall，英伦最南一省）去看罗素夫妇。他们住在离潘让市九英里沿海设无线电台处的一个小村落，望得见"地角"（Land's End）的"壁虎"尖突出在大西洋里，那是英伦岛最南的一点，康华尔沿海的"红岩"（Red Cliffs）是有名的，但我在那一带见着的却远没有想像中的红岩的壮艳。因为热流故，这沿海一带的气候几乎接近热带性，听说冬天是极难得见冰雪的。 这地段却颇露荒凉的景象，不比中部的一片平芜，树木也不多，荒草地里只见起伏的巨牛；滨海尤其是硗硗的岩地，有地方壁立万仞，下瞰白羽的海鸟在汹涌的海涛间出没。 罗素的家，一所浅灰色方形的三层楼屋，有矮墙围着，屋后身凸出一小方的两廊，两根廊柱是黄漆的，算是纪念中国的意思，——是矗峙在一片荒原的中间，远望去这浅嫩的颜色与呆木的神情，使你想起十八世纪趣剧中的村姑子，发上歇着一只怪鸟似的缎结，手叉着腰，直挺挺的站着发愣。 屋子后面是一块草地，一边是门，一边抄过去满种着各色的草花，不下二三十种；在一个墙角里他们打算造一爿中国凉亭式的小台，我当时给写了一块好像"听风"还不知"囗①风"的扁题②，现在想早该造得了。 这小小的家园是我们的哲学家教育他的新爱弥儿的场地。

罗素那天赶了一个破汽车到潘让市车站上来接我的时候，我差一点不认识他。 简直是一个乡下人！一顶草帽子是开花的，褂子是烂的，领带，如其有，是像一根稻草在胸前飘着，鞋，不用说，当然有资格与贾波林的那双拜弟兄！他手里擒着一只深酱色的烟斗，调和他的皮肤的颜色。 但他那一双眼，多敏锐，多集中，多光亮——乡下人的外廓掩不住哲学家的灵智！

那天是礼拜，我从 Exeter③ 下去就只这趟奇慢的车。 罗素先生开口就是警句，他说"萨拜司的休息日是耶稣教与工团联合会的唯一共同信条"！车到了门前，那边过来一个光着"脚鸭子"④手提着浴布的

---

① 此处疑缺一字。
② 扁题：现通用为"匾题"。
③ Exeter：今译埃克塞特，位于英格兰西南部，为德文郡首府，是英国的历史名城之一。现存的诺罗大教堂，为十三世纪之物。
④ 脚鸭子：现通用为"脚丫子"。

女人，肤色叫太阳晒得比罗素的更紫酱，笑著招呼我，可不是勃兰克女士，现在罗素夫人，我怎么也认不出来，要是她不笑不开口。 进门去他们给介绍他们的一对小宝贝，大的是男，四岁，有一个中国名子①叫金铃，小的是女，叫恺弟。 我问他们为什么到这极南地方来做隐士，罗素说一来为要静心写书，二来（这是更重要的理由）为顾管他们两小孩子的德育（"to look after the moral education of our Kids"）。

我在他们家住了两晚。 听罗素谈话正比是看德国烟火，种种眩目②的神奇，不可思议的在半空里爆发，一胎孕一胎的，一彩绽一彩的，不由你不讶异，不由你不欢喜。 但我不来追记他的谈话，那困难就比是想描写空中的银花火树；我此时想起的就只我当时眼见他的所谓"看顾孩子们的德育"的一斑。 这讲过了，下回再讲他新出论教育的书——

On Education：Especially in Early Childhood，by Bertrand Russell，Published：London，George Allen and Unwin. ③

金铃与恺弟有他们的保姆，有他们的奶房（Nursery），白天他们爹妈工作的时候保姆领着他们。 每餐后他们照例到屋背后草地上玩，骑木马，弄熊，看花，跑，这时候他们的爹妈总来参加他们的游戏。 有人说大人物都是有孩子气的，这话许有一部分近情。 有一次我在威尔思家看他跟他的两个孩子在一间"仓间"里打"行军球"玩，他那高兴真使人看了诧异，简直是一个孩子——跑，踢，抢，争，笑，嚷，算输赢，一双晶亮的小蓝眼珠里活跃着不可抑遏的快活，满脸红红的亮着汗光，气吁吁的一点也不放过，正如一个活泼的孩子，谁想到他是年近六十"在英语国里最伟大的一个智力"（法郎士评语）的一个作者！

---

① 名子：现通用为"名字"。
② 眩目：现通用为"炫目"。
③ 《论教育，尤其是早期教育》，罗素著，伦敦乔治·爱伦和恩文出版社出版。

罗素也是的，虽则他没有威尔思那样澈底的忘形，也许是为他孩子还太小不够合伙玩的缘故。这身体上（不止思想上与心情上）不失童真，在我看是西方文化成功的一个大秘密；回想我们十六字联"蟠蟠老成，尸居余气；翩翩年少，弱不禁风"的汉族，不由得脊背里不打寒噤。

我们全站在草地上。罗素对大孩子说，来，我们练习。他手抓住了一双小手，口唱着"我们到桑园里去，我们到桑园里去"那个儿歌，提空了小身子一高一低的打旋。同时恺弟那不满三岁的就去找妈给她一个同哥哥一样。再来就骑马，爸爸做马头，妈妈做马尾巴，两孩夹在中间做马身子，得儿儿跑，得儿儿跑，绕着草地跑个气喘才住。有一次兄妹俩抢骑木马，闹了，爸爸过去说约翰（男的名）你先来，来过了让妹妹，恺弟就一边站着等轮着她。但约翰来过了还不肯让，恺弟要哭了，爸妈吩咐他也不听，这回老哲学家恼了，一把拿他合仆着抱了起来往屋子里跑，约翰就哭，听他们上楼去了。但等不到五分钟，父子俩携着手笑吟吟的走了出来，再也不闹了。

妈叫约翰领徐先生看花去，这真太可爱了，园里花不止三十种，惭愧我这老大认不到三种，四岁的约翰却没一样不知名，并且很多种还是他小手亲自栽的，看着他最爱的他就蹲下去摸摸亲亲，他还知道各类花开的迟早，那几样蝴蝶们顶喜欢，那几样开顶茂盛，他全知道，他得意极了。恺弟虽则走路还勉强，她也来学样，轻轻的摸摸嗅嗅，那神气太好玩了。

吃茶的时候孩子们也下来。约翰捧了一本大书来，那是他的，给客人看。书里是各地不同的火车头，他每样讲给我听：这绿的是南非洲从那里到那里的，这长的是加拿大那里的，这黄的是伦敦带我们到潘让市来的，到那一站换车，这是过西伯利亚到中国去的，爸爸妈妈顶喜欢的中国，约翰大起来一定得去看长城吃大鸭子；这是横穿美洲过落机山的，过多少山洞，顶长的有多长——喔，约翰全知道，一看就认识！罗素说他不仅认识知道火车，他还知道轮船，他认好几十个大轮船，知道它们走的航线，从那里到那里——他的地理知识早就超过他保姆的，这学全是诱着他好奇的本能，渐渐由他自己一道一道摸出来的；现在你可以问他从伦敦到上海，或是由西特尼到利物浦，或是更复杂些的航路，他都可以从地图上指给你看，过什么地方，有什么好东西看好东西吃，他全知道！

但最使我受深印的是这一件事。罗素告诉我他们早到时，约翰还不满三岁，他们到海里去洗澡，他还是初次见海，他觉着怕，要他进水去他哭，这来我们的哲学家发恼了："什么，罗素的儿子可以怕什么的！可以见什么觉著胆怯的！那不成！"他们夫妻俩简直把不满三岁的儿子，不管他哭闹，一把掀进了海里去，来了一回再来，尽他哭！好，过了三五天，你不叫他进水去玩他都不依一定要去了！现在他进海水去就比在平地上走一样的不以为奇了。东方做父母的一定不能下这样手段不是？我也懂得，但勇敢，胆力，无畏的精神，是一切德性的起原，品格的基础，这地方决不可含糊；别的都还可以，懦怯，怕，是不成的，这一关你不趁早替他打破，你竟许会害了他一辈子的。罗素每回说勇敢（Courage）这字时，他声音来得特别的沈着，他眼里光异样的闪亮，竟仿佛这是他的宗教的第一个信条，做人唯一的凭证！

我们谁没有做过小孩子？我们常听说孩子时代是人生最乐的时光。孩子是一片天真没有烦恼，没有忧虑，一天只知道玩，肢体是灵活的，精神是活泼的。有父母的孩子尤其是享福，谁家父母不疼爱孩子，家里添了一个男的，屋子里顶奥僻的基角都会叫喜气的光彩给照亮了的。谁不想回去再过一道蜜甜的孩子生活，在妈的软兜里窝着，问爹要果子糖吃，晚上睡的时候有人替你换衣服，低低的唱着歌哄你闭上眼，做你蜜甜的小梦去？年岁是烦恼，年岁是苦恼，年岁是懊恼：咒它的，为什么亮亮的童心一定得叫人事的知识给涂开了的？我们要老是那七八十来岁，永远不长成，永远有爹娘疼着我们；比如那林子里的莺儿，永远在欢欣的歌声中自醉，永远不知道 The weariness，the fever，and the fret here，where men sit and hear each other groan...①那够多美！

这是我们理想中的孩子时代，我们每回觉得吃不住生活的负担时，往往惆怅光阴太匆匆的卷走了我们那一段最耐寻味的痕迹。但我们不要太受诗人们的催眠了，既然过去的已经是过去；我们知道有意识的人生自有它的尊严，我们经受的烦恼与痛苦，只要我们能受得住不叫它们压倒，也自有它们的意义与价值。过分耽想做孩子时轻易的日子，只是泄漏②你对人生欠认识，犹之过分伤悼老年同③一种知识上的浅陋，不，我们得把人生看成一个整的：正如树木有根有干有枝叶与花果，完全的一生当然得具备童年与壮年与老年三个时期：童年是播种与栽培期，壮年是开花成荫期，老年是结果收成期。童年期的重要，正在它是一个伟大的未来工作的预备，这部工夫做不认真不透彻时将来的花果就得代付这笔价钱：——

The child is father of the Man. ④

真的我们狠少自省到我们一生的缺陷，意志缺乏坚定，身体与心智不够健全，种种习惯的障碍使我们随时不自觉的走上堕落的方向，这里面有多少情形是可以追源到我们当初栽培与营养时期的忽略与过失。根心里的病伤难治；在弁髦时代种下的斑点，可以到班白⑤的毛

---

① 那厌倦、烦热与焦躁，在这里人们坐着听别人呻吟。
② 泄漏：现通用为"泄露"
③ 此处疑作者漏写一"是"字。
④ 儿童是成人之父。
⑤ 班白：现通用为"斑白"。

发上去寻痕迹，在这里因果的铁律是丝毫不松放的。 并且我们说的孩子时期还不单指早年时狭义的教育，实际上一个人品格的养成是在六岁以前，不是以后；这里说的孩子期可以说是从在娘胎时起到学龄期止的径程——别看那初出娘胎黄毛吐沫的小团团正如小猫小狗似的不懂事，它那官感开始活动的时辰就是它来人生这学校上学的凭证。不，胎教家还得进一步主张做父母的在怀胎期内就该开始检点他们自身的作为，开始担负他们养育的责任。 这道理是对的；正如在地面上仅透乃至未透一点青芽的花木，不自主的感受风露的影响，禀承父母气血的胎儿当然也同样可以吸收他们思想与行为的气息，不论怎样的微细。

但孩子它自己是无能力的，这责任当然完全落在做父母的与其他管理人的身上。 但我们一方面看了现代没有具备做父母资格的男女们尽自机械性的活动着他们生产的本能，没遮拦的替社会增加废物乃至毒性物的负担，无顾恋的糟蹋血肉与灵性——我们不能不觉着怕惧与忧心；再一方面我们又见着应分有资格的父母们因为缺乏相当的知识，或是缺乏打破不良习惯的勇气，不替他们的儿女准备下适当的环境，不给他们适当的营养，结果上好的材料至少不免遭受部分的残废——我们又不能不觉着可惜与可怜。 因为养育儿女，就算单顾身体一事，仅仅凭一点本能的爱心还是不够的；要期望一个完全的儿童，我们得先假定一双完全的父母，身体，知识，思想，一般的重要。 人类因为文明的结果，就这躯体的组织也比一切生物更复杂，更柔纤，更不易培养；它那受病的机会以及病的种类也比别的动物，差得远了远。 因此在猫狗牛马是一个不成问题的现象，在今日的人类就变了最费周章的问题了。

带一个生灵到世界上来，养育一个孩子成人，做父母的责任够多重大；但实际上做父母的——尤其是我们中国人——够多糊涂！中国民族是叫"不孝有三，无后为大"一句话给咒定了的；"生儿子"是人生第一件大事情。多少的罪恶，什么丑恶的家庭现象，都是从这上头发生出来的。影响到个人，影响到社会，同样的不健康。摘下来的果子，比方说，全是这半青不熟的，毛刺刺的一张皮包着松松的一个核，上口是一味苦涩，做酱都嫌单薄，难怪结果是十六字的大联"蟠蟠老成，尸居余气；翩翩年少，弱不禁风"！尤其是所谓"士"的阶级，那应分是社会的核心，最受儒家"孝"说的流毒，一代促一代的酿成世界上唯一的弱种；谁说今日中国社会发生病态与离心涣散的现象（原先闭关时代不与外族竞争所以病象不能自见，虽则这病根已有几千年的老）不能归咎到我们最荒谬的"唯生男主义"？先人所以是弱定了的，后天又没有补救的力量；中国人管孩子还不是绝无知识绝对迷信固执恶习的老妈子们的专门任务？管孩子是阃以内的事情，丈夫们管不着，除了出名请三朝满月周岁或是孩子死了出名报丧！家庭又是我们民族恶劣根性的结晶，比牢狱还来得惨酷，黑暗，比猪圈还来得不讲卫生；但这是我们小安琪们命定长大的环境，什么奇才异禀敌得过这重重"反生命"的势力？这情形想起都叫人发抖！我不是说我们的父母就没有人性，不爱惜他们子女；不，实际上我们是爱得太过了。但不幸天下事情单凭原始的感情是万万不够的，何况中国人所谓爱儿子的爱的背后还耽着一个不可说的最自私的动机——"传种"：有了儿子盼孙子，有了孙子望曾孙，管他是生疮生癣，做贼做强盗，只要到年纪娶媳妇传种就得！生育与繁殖固然是造物的旨意，但人类的尊严就在能用心的力量超出自然法的范围，另创一种别的生物所不能的生活概念，像我们这样原始性的人生观不是太挖苦了吗？就为我们生子女的唯一目标是为替祖先传命脉，所以儿童本身的利益是绝对没有地位的。喔，我知道你要驳我说中国人家何尝不想栽培子弟，要他有出息。"有出息"，是的！旧的人家想子弟做官发财；新的人家想子弟发财做官(现在因为欠薪的悲惨做父母的渐渐觉得做官是乏味的,除了做兵官,那是一种新的行业),动机还不是一样为要满足老朽们的虚荣与实惠,有几家父母曾经替子弟们自身做人的使命(非功利的)费一半分钟的考量踌躇?再没有一种反嘲(爱伦内)能比说"中国是精神文明"来得更恶毒,更鲜艳,更深刻!我们现在有人已经学会了嘲笑英国维多利亚时代所代表的理想与习俗。 唉,这也是爱伦内;我们的开化程度正还远不如那所谓"菲力士挺"哪!我们从这近几十年来的经验,至少得了一个教训,就是新的绝对不能与旧的妥协,正如科学不能妥协迷信,真理不能妥协错误。 我们革新的工作得从根底做起;一切的价值得重新估定,生活的基本观念得重新确定,一切教育的方针得按照前者重新筹画——否则我们的民族就没有更新的希望。

是的,希望就在教育。 但教育是一个最泛的泛词,重要的核心就在教育的目标是什么。 古代斯巴达奖励儿童做贼,为的是要造成做间谍的技巧;中世纪的教会是为训练教会的奴隶;近代帝国主义的教育是为侵略弱小民族;中国人旧式的教育是为维持懒惰的生活。 但西方的教育,虽则自有它的错误与荒谬情形,但它对于人的个性总还有相当的尊敬与计算,这是不容否认的。 所以我们当前第一个观念得确定的是人是个人,他对他自身的生命负有直接的责任;人的生命不是一种工具,可以供当权阶级任意的利用与支配。 教育的问题是在怎样帮助一个受教育人合理的做人。 在这里我们得假定几个重要的前提:(一)人是可以为善的,(二)合理的生活是可能的,(三)教育是有造成品格的力量的。 我在这篇里说的教育几乎是限于养成品格一义,因为灌输智识只是极狭义的教育并且是一个实际问题,比较的明显单简①。

———————————

① 单简:此处疑为"简单"。

近代关于人生学科的进步，给了我们在教育上狠多的发见与启示，一点是使我们对于儿童教育特别注意，因为品格的养成期最重要的是在孩子出娘胎到学龄年的期间。 在人类的智力还不能实现"优生"的理想以前，我们只能尽我们教育的能力引导孩子们逼近准备"理想人"的方向走去。 这才真是革命的工作——革除人类已成乃至防范未成的恶劣根性，指望实现一个合理的群体生活的将来。 手把着革命权威的不是散传单的学生，不是有枪弹的大兵，也不是讲道的牧师或讲学的教师；他们是有子女的父母：在孩子们学语学步吃奶玩耍最不关紧要的日常生活间，我们期望真正革命工作的活动！

关于这革命工作的性质，原则，以及实行的方法，罗素在他新出《论教育》的书里给了我们极大的光亮与希望。 那本书听说陈宝锷先生已经着手翻译，那是一个极好的消息，我们盼望那书得到最大可能的宣传，真爱子女的父母们都应得接近那书里的智慧，因为在适当的儿童教育里隐有改造社会最不可错误的消息。 我下次也许再续写一篇，略述罗素那本书的大意与我自己的感想。

附：罗素原书，北京饭店法文图书馆新到多册。

想　飞

一九二六年四月，《晨报副刊·诗镌》第 1 期问世，徐志摩发表诗作《梅雪争春——纪念三·一八》，散文《自剖》等。

一九二六年四月十四日至十六日作；载一九二六年四月十九日《晨报副刊》，署名志摩；初收一九二八年一月上海新月书店《自剖》。采自《自剖》。

假如这时候窗子外有雪——街上，城墙上，屋脊上，都是雪，胡同口一家屋檐下偎着一个戴黑兜帽的巡警，半拢着睡眼，看棉团似的雪花在半空中跳着玩……假如这夜是一个深极了的啊，不是壁上挂钟的时针指示给我们看的深夜，这深就比是一个山洞的深，一个往下钻螺旋形的山洞的深……

假如我能有这样一个深夜，它那无底的阴森捻起我遍体的毫管；再能有窗子外不住往下筛的雪，筛淡了远近间飏动的市谣，筛泯了在泥道上挣扎的车轮，筛灭了脑壳中不妥协的潜流……

我要那深，我要那静。那在树荫浓密处躲着的夜鹰轻易不敢在天光还在照亮时出来睁眼。思想：它也得等。

青天里有一点子黑的。正冲着太阳耀眼，望不真，你把手遮着眼，对着那两株树缝里瞧，黑的，有橙子来大，不，有桃子来大——嘿，又移着往西了！

我们吃了中饭出来到海边去。（这是英国康槐尔①极南的一角，三面是大西洋。）勖丽丽的叫响从我们的脚底下匀匀的往上颤，齐着腰，到了肩高，过了头顶，高入了云，高出了云。阿，你能不能把一种急震的乐音想像成一阵光明的细雨，从蓝天里冲着这平铺着青绿的地面不住的下？不，那雨点都是跳舞的小脚，安琪儿的。云雀们也吃过了饭，离开了它们卑微的地巢飞往高处做工去。上帝给它们的工作，替上帝做的工作。瞧着，这儿一只，那边又起了两②！一起就冲着天顶飞，小翅膀动活的多快活，圆圆的，不踌躇的飞，——它们就认识青天。一起就开口唱，小嗓子动活的多快活，一颗颗小精圆珠子直往外唾，亮亮的唾，脆脆的唾，——它们赞美的是青天。瞧着，这飞得多高，有豆子大，有芝麻大，黑刺刺的一屑，直顶着无底的天顶细细的摇，——这全看不见了，影子都没了！但这光明的细雨还是不住的下着……

飞。"其翼若垂天之云……背负苍天，而莫之夭阏者"：那不容易见着。我们镇上东关庙外有一座黄泥山，山顶上有一座七层的塔，

---

① 康槐尔：英国最南端的康沃尔郡。
② 此处疑缺一字"只"。

塔尖顶着天。 塔院里常常打钟，钟声响动时，那在太阳西晒的时候多，一枝艳艳的大红花贴在西山的鬓边回照着塔山上的云彩，——钟声响动时，绕着塔顶尖，摩着塔顶天，穿着塔顶云，有一只两只有时三只四只有时五只六只蜷着爪往地面瞧的"饿老鹰"，撑开了它们灰苍苍的大翅膀没挂恋似的在盘旋，在半空中浮着，在晚风中泅着，仿佛是按着塔院钟的波荡来练习圆舞似的。 那是我做孩子时的"大鹏"。 有时好天抬头不见一瓣云的时候听着虓忧忧的叫响，我们就知道那是宝塔上的饿老鹰寻食吃来了，这一想像半天里秃顶圆睛的英雄，我们背上的小翅膀骨上就仿佛豁出了一铿铿铁刷似的羽毛，摇起来呼呼响的，只一摆就冲出了书房门，钻入了玳瑁镶边的白云里玩儿去，谁耐烦站在先生书桌前晃着身子背早上【上】①的多难背的书！阿飞！不是那在树枝上矮矮的跳着的麻雀儿的飞；不是那天黑从堂扁后背冲出来赶蚊子吃的蝙蝠的飞；也不是那软尾巴软嗓子做窠在堂檐上的燕子的飞。 要飞就得满天飞，风拦不住云挡不住的飞，一翅膀就跳过一座山头，影子下来遮得阴二十亩稻田的飞，到天晚飞倦了就来绕着那塔顶尖顺着风向打圆圈做梦……听说饿老鹰会抓小鸡！

飞。 人们原来都是会飞的。 天使们有翅膀，会飞，我们初来时也有翅膀，会飞。 我们最初来就是飞了来的，有的做完了事还是飞了去，他们是可羡慕的。 但大多数人是忘了飞的，有的翅膀上吊了毛不长再也飞不起来，有的翅膀叫胶水给胶住了再也拉不开，有的羽毛叫人给修短了像鸽子似的只会在地上跳，有的拿背上一对翅膀上当铺去典钱使过了期再也赎不回……真的，我们一过了做孩子的日子就掉了飞的本领。 但没了翅膀或是翅膀坏了不能用是一件可怕的事。 因为

---

① 此处疑多一字"上"。

你再也飞不回去，你蹲在地上呆望着飞不上去的天，看旁人有福气的一程一程的在青云里逍遥，那多可怜。而且翅膀又不比是你脚上的鞋，穿烂了可以再问妈要一双去，翅膀可不成，折了一根毛就是一根，没法给补的。还有，单顾着你翅膀也还不定规到时候能飞，你这身子要是不谨慎养太肥了，翅膀力量小再也拖不起，也是一样难不是？一对小翅膀驮不起一个胖肚子，那情形多可笑！到时候你听人家高声的招呼说，朋友，回去罢，趁这天还有紫色的光，你听他们的翅膀在半空中沙沙的摇响，朵朵的春云跳过来推着他们的肩背，望着最光明的来处翩翩的，冉冉的，轻烟似的化出了你的视域，像云雀似的只留下一泻光明的骤雨——"Thou art unseen, but yet I hear the shrill delight."①——那你，独自在泥途里淹着，够多难受，够多懊恼，够多寒伧！趁早留神你的翅膀，朋友。

是人没有不想飞的。老是在这地面上爬着够多厌烦，不说别的。飞出这圈子，飞出这圈子！到云端里去，到云端里去！那个心里不成天千百遍的这么想？飞上天空去浮着；看地球这弹丸在太空里滚着，从陆地看到海，从海再看回陆地。凌空去看一个明白——这才是做人的趣味，做人的权威，做人的交代。这皮囊要是太重挪不动，就掷了它，可能的话，飞出这圈子，飞出这圈子！

人类初发明用石器的时候，已经想长翅膀。想飞。原人洞壁上画的四不像，它的背上掮着翅膀；拿着弓箭赶野兽的，他那肩背上也给安了翅膀。小爱神是有一对粉嫩的肉翅的。挨开拉斯（Icarus）②是

---

① "我看不到你的形象，但能听见你欢乐的尖声歌唱。"引自雪莱的《致云雀》。
② Icarus：今译伊卡罗斯，希腊神话中的巧匠代达罗斯之子，与其父一起以蜡翼粘身飞离克里特岛，因不听其父警告飞得太高，蜡翼被阳光熔化，坠入海中而死。

人类飞行史里第一个英雄，第一次牺牲。 安琪儿(那是理想化的人)第一个标记是帮助他们飞行的翅膀。 那也有沿革——你看西洋画上的表现。 最初像是一对小精致的令旗，蝴蝶似的粘在安琪儿们的背上，像真的，不灵动的。 渐渐的翅膀长大了，地位安准了，毛羽丰满了。画图上的天使们长上了真的可能的翅膀。 人类初次实现了翅膀的观念，彻悟了飞行的意义。 挨开拉斯闪不死的灵魂，回来投生又投生。人类最大的使命，是制造翅膀，最大的成功是飞！理想的极度，想像的止境，从人到神！诗是翅膀上出世的；哲理是在空中盘旋的。 飞：超脱一切，笼盖一切，扫荡一切，吞吐一切。

你上那边山峰顶上试去，要是度不到这边山峰上，你就得到这万丈的深渊里去找你的葬身地！ "这人形的鸟会有一天试他第一次的飞行，给这世界惊骇，使所有的著作赞美，给他所从来的栖息处永久的光荣。"啊达文赛！

但是飞？自从挨开拉斯以来，人类的工作是制造翅膀，还是束缚翅膀？这翅膀，承上了文明的重量，还能飞吗？都是飞了来的，还都能飞了回去吗？钳住了，烙住了，压住了，——这人形的鸟会有试他第一次飞行的一天吗？……

同时天上那一点子黑的已经迫近在我的头顶，形成了一架鸟形的机器，忽的机沿一侧，一球光直往下注，硼的一声①炸响，——炸碎了我在飞行中的幻想，青天里平添了几堆破碎的浮云。

十四～十六日

---

① 硼的一声：现通用为"嘭的一声"。

再谈管孩子

一九二五年七月《罗素与幼稚教育》中徐志摩由罗素夫妇教育孩子的经验谈及孩子的教育问题，此篇中他再次对中国在教育孩子的方式方法上存在的问题和出路给出了自己的建议。

一九二六年五月十三日作；载一九二六年五月十五日《晨报副刊》，署名志摩；初收一九八〇年台湾时报文化出版事业有限公司《徐志摩诗文补遗》。采自《晨报副刊》。

你做小孩时候快活不？我，不快活。 至少我在回忆中想不起来。你满意你现在的情况不？你觉不觉得有地方习惯成了自然，明知是做自己习惯的奴隶却又没法摆脱这束缚，没法回复原来的自由？不但是实际生活上，思想、意志、性情也一样有受习惯拘执的可能。 习惯都是养成的；我们狠少想到我们这时候觉著的浑身的镣铐，大半是小时候就套上的——记著一岁到六岁是品格与习惯的养成的最重要时期。我小时候的受业师袁花查桐荪先生，因为他出世时父母怕孩子遭凉没有给洗澡，他就带了这不洗澡习惯到棺材里去——从生到死五十几年一次都没有洗过身体！他也不刷牙，不洗头，狠少擦脸。脏得叫人听了都腻心不是？我们却狠少想到我们品格上，性情上，乃至思想上的不洁，多半是原因于小时候做父母的姑息与颟顸。中国人口头上常讲率真，实际上我们是假到自己都不觉得。讲信义，你一天在社会上不说一两句谎话能过日子吗？讲廉讲洁，有比我们更贪更龌龊的民族没有？讲气节——这更不容说了！

这是实际情形，不容掩讳的。我们用不著归咎这样，归咎那样，说来狠简单，只是一个教育问题：可不是上学以后，而是上学以前的教育问题。品格教育，不是知识教育。我们不敢说合理的养育就可以消灭所有的败类；但我们确信（借近代科学研究的光）环境与有意识的训练在十次里至少有八九次可以变化气质，养成品格。什么事只要基础打好就有办法；屋漏了容易修，墙坏了可以补，基础不坚实时可麻烦。管好你的孩子，帮他开好方向，以后他就会自己寻路走。

但是你说谁家父母不想管好他们的孩子？原是的。但我们要问问仔细，一般父母心目中的"好孩子"究竟是不是好孩子。究竟他们的管法是不是，我在上篇里说过，（一）替孩子本身的利益，（二）替全社会著想。我的观察是老派父母养育的观念整个儿是不对的。他们的意思是爱，他们的实效是害。我敢断定现代大多数的父母是对他们的子女负罪的。养花是多单简的一件事，但有的花不能多晒，有的不能多浇水，还有土性的关系，一不小心，花就种死，或是开得寒伧，辜负了它的种性。管孩子至少比养花更难些。狠多的孩子是晒太多浇太勤给闹坏的。这几乎完全是一个科学问题，感情的地位，如其有，狠是有限，单靠爱是不够的。单凭成法也是不够的。养花得识花性，什么花怎么养法；管孩子得明白孩子性质，什么孩子怎么管法——每朝每晚都得用心看著，差不得一点。打起了底子，以后就好办。

这话听得太平常了，谁不知道不是？让我们来看看实际情形。我们不讲无知识阶级的父母，实际乡下人的管孩子倒是合理得多，他们比较的"接近自然"。最可痛的是所谓有知识阶级乃至于"知识阶级"的育儿情形。别笑话做母亲的在人前拖出奶来喂孩子，这是应得奖励的。有钱人家有了孩子就交给奶妈，谁耐烦抱孩子，高兴的时候要过来逗逗亲亲叫几声乖，恼了就喊奶妈抱了去，多心烦！结果我们中上等人家的孩子运定是老妈乃至丫头们的玩物！有好多孩子身上闻着老妈的臭味，脸上看出老妈的傻相！

单看我们孩子的衣著先就可笑。浑身全给裹得紧紧，胳膊，腿，也不叫露在外面，怕著凉。怕著凉，不错；可是，裤子是开裆的，孩子一往下蹲，屁股就往外露，肚子也就连带通风——这倒不怕著凉了！孩子是不能常洗澡的，洗澡又容易著凉，我们家乡地方终年不洗澡的孩子并不出奇，我不知道我自己小时候平均每年洗几回澡，冬天不用说，因为屋子不生火，当然不洗，夏天有时不得不洗，但只浅浅的一只小脚桶，水又是滚汤（不滚容易著凉！），结果孩子们也就不爱洗。我记得孩子时候顶怕两件事，一件是剃头，一件是洗澡。"今天我总得'捉牢'他来剃头"，"今天我总得'捉牢'他来洗澡"，我妈总是这么说；他们可不对我讲一个人一定得洗澡的理由，他们也不想法把洗的方法给弄适意些。这影响深极了，我到这老大年纪每回洗澡虽不至厌恶，总不见得热心；看作一种必要的麻烦，不是愉快的练习。泅水也没有学会，猜想也是从小对洗身没有感情的缘故。我的孩子更可笑了。跟我一样，他也不热心洗澡。有一次我在家里（他是祖母管大的），好容易拉了他一起洗，他倒也没有什么，明天再洗，成绩狠好，再来几次就可以有引起他兴趣的希望。可是他第二天碰巧有了发热，家里人对他说你看，都是你爸爸不好，硬拖你洗，又著凉了，下回再不要听他的！他们说这话也许一半是好玩，但孩子可是认了真，下回他再也不跟爸爸洗澡了！

像这类的情形真是举不胜举；但单纯关于身体的习惯比较还容易改。最坏是一般父母心目中的"好孩子"观念。再没有比父母更专制的：他们命令，他们强制，他们骂，他们打；他们却从不对孩子讲理——好像孩子比他们自己欠聪明，懂不得理似的！他们用种种的方法教孩子学大人样——简单说，愈不像孩子的孩子在他们看是愈好的孩子。孩子得听话，不许闹——中国父母顶得意的是他们的孩子听大人吩咐规规矩矩的叫人，绝对机械性的叫人——"伯伯"，"妈妈"。我有时看孩子们哭丧著脸听话叫人的时候，真觉得难受！所以叫人是孩子聪明乖的唯一标准。因为要强制孩子听大人话（孩子最不愿意听大人话！）。大人们有时就得用种种谎骗恫吓的方法。多少在成人后作伪与懦怯的品性是"别哭，老虎来了"，"别嚷，老太太来了"，"不许吃，吃了要长疮的"一类话给养成的。孩子一定得胆小怕事，这又是中国父母的得意文章。"我们的阿大真不好，胆子大极了"，或是"你们的宝宝多好，他一个人走路都不敢的"。我记得我小的时候，家里人常拿鬼来吓我，结果我胆小极了，从来不敢一个人进屋子或是单身睡一个床——说来太可笑，你们不信，我到结亲以前还是常常同妈妈睡一床的！这怕黑暗怕鬼的影响到如今还有痕迹。我那时候实在胆子并不小，什么事有机会都想试试，后来他们发明了一个特别的恐吓，骗我不是我妈生的，是"网船"（即鱼船①）上抱来的，每天头上包著蓝布走进天井来问要虾不要的那个渔婆就是我的亲娘，每回我

———————————

① 鱼船：现通用为"渔船"。

闹凶了，胆子"太大了"，他们就说"再闹叫你网船上的娘来抱回去"，那灵极了，一说我就瘪，再也不敢强了。 这也有极坏的影响。我的孩子因为在老家里生长，他们还是如法炮制，每回我一回家，就奖励他走路上山，甚至爬石头，他也是顶喜欢的。 有一次我带他在山上住，天天爬山乐得很，隔一天他回家了，碰巧有点发热，家里人又有了机会来破坏爸爸的威信了："你看都是你爸，领你到山上去乱跑，著了凉发热，下回再不要听他了"！当然他再也不听信爸爸了！

　　但是孩子们的习惯，赶早想法转移，也是狠容易的事。 就我的孩子说，因为生长在老式家庭里的缘故，所有已经将次养成的习惯多半是我们认为不对的，我们认为应分训练的习惯却一点不顾著，这由于（一）"好孩子"观念的错误，（二）拘执成法。 再没有比我的父母再爱孙儿的，他病了我母亲整天整晚的抱着，有几次在夏天发热简直是一个火炉；晚上我母亲同他睡，在冬天常常通宵握住他的冷脚给窝暖；但爱是一件事，得法不得法又是一件事。 这回好了，他自己的妈（张幼仪女士，不久来京，想专办蒙养教育）从德国研究蒙养教育毕业回来了。 孩子一归她管不到两个月工夫，整个儿变化了，至少在看得见的习惯上。 他本来晚上上床早上起身没有定时的，现在十点钟一定睡，早上也一定时候起，听说每晚到了十点钟他自己觉得大人不理他了，他就看一看钟站起来说明天会，自己去睡了。 本来他晚上睡不但不换睡衣，有时天凉连棉袄都穿了睡的，现在自己每晚穿衣换衣，早上穿衣起身再也不叫旁人帮忙。 本来最不愿意念书写字。 现在到了一定时候，就会自动写字念书，本来走一点路就叫肚疼或腿酸的，现在长路散步成了习惯。 洗澡什么当然也看作当然了。 最好是他现在学会了认真刷牙（他在德国死的弟弟两岁起就自己刷牙了），舀水满脸洗，洗过用干布擦，一点也不含糊了！在知识上也一样的有进步，原先在他念书写字因为上面含有强迫性质看作一种苦恼，现在得了相当的引诱与指导，自动的兴趣也慢慢的来了。 这种地方虽则小，却未始不是想认真做父母的一个启示。 不要怪你们孩子性子强不好，或是愁他们身子不好，实际只要你们肯费一点心思，化①一点工夫，认清了孩子本能的倾向，治水似的耐心的去疏导它，原来不好的地方很容易变好，性情，身体，都可以立刻见效的。 "性相近，习相远"，这话是真理；我们或许有一天可以进一步相信"人之初，性本善"哪！没有工作比创造的工作更愉快更伟大的：做父母的都有一个创作的机会，把你们的孩子养成一个健康，活泼，灵敏，慈爱的成人，替社会造一个有用的人材，替自然完成一个有意识的工作，同时也增你们自己的光，添你们的欢喜——这机会还不够大吗？看看现代的成人，为什么都是这懒，这脏(尤其在品格上与思想上)，这蠢，这丑，这破烂；看看现代的青年，为什么这弱，这忌心重，这多愁多悲哀，这种种的不健康——多半是做爹娘的当初不曾尽他们应尽的责任，一半是愚暗，一半是懒怠，结果对不起社会，对不起孩子们自身，自己也没有好处，这真是何苦来！

现在罗素先生给了我们一部关于养成品格问题极光亮的书，综合近代理论与实施所得的有价值的研究与结论，明白的父母们看了可以更增育儿的兴味，在寻求知识中的父母们看了更有莫大的利益：相信我，这部书是一个不灭的灯亮，谁家能利用的就不愁再遭黑暗的悲惨了！但我说了这半天本题还是没有讲到，时候已经不早，只好再等下回了。

五月十三日

---

① 化：现通用为"花"。

我们病了怎么办

一九二六年三月八日,梁启超因尿毒症入北京协和医院,被西医"割错腰子"事件一出立即引发热议。梁仲策的《病院笔记》中对西医略有微词,徐志摩也作《我们病了怎么办》一文掀动舆论对西医进行谴责和攻击,甚至由此惹恼了鲁迅。

载一九二六年五月二十九日《晨报副刊》,署名志摩;初收一九八〇年台湾时报文化出版事业有限公司《徐志摩诗文补遗》。采自《晨报副刊》,梁文附后。

"在理想的社会中,我想,"西滢在闲话里说,"医生的进款应当与人们的康健做正比例。他们应当像保险公司一样,保证他们的顾客的健全,一有了病就应当罚金或赔偿的。"在撒牟勃德腊(Samuel Butler)①的乌托邦里,生病只当作犯罪看待,疗治的场所是监狱,不是医

---

① Samuel Butler:今译勃特勒(1835—1902),英国作家,著有乌托邦游记小说《埃瑞洪》和《重游埃瑞洪》等。

院，那是留着伺候犯罪人的。真的为什么人们要生病，自己不受用，旁人也麻烦？我有时看了不知病痛的猫狗们的快乐自在，便不禁回想到我们这造孽的文明的人类。且不说那尾巴不曾蜕化的远祖，就说湘西的苗子，太平洋群岛上的保立尼新人之类，他们所知道所受用的健康与安逸，已不是我们所谓文明人所能梦想。咳，堕落的人们，病痛变了你们的本分，至于健康，那是例外的例外了！

不妨事，你说，病了有医，有药，怕什么的？看近代的医学药学够多么飞快的进步？就北京说吧，顶体面顶费钱的屋子是什么？医院！顶体面顶赚钱的职业是什么？医生！设备、手术、调理、取费，没一样不是上乘！病，病怕什么的——只要你有钱，更好你兼有势！

是的，我们对科学，尤其是对医学的信仰，是无涯涘的；我们对外国人，尤其是对西医的信任，是无边际的。中国大夫其实是太难了，开口是玄学，闭口也还是玄学，什么脾气侵肺，肺气侵肝，肝气侵肾，肾气又回侵脾，有谁，凡是有哀皮西①脑筋的，听得惯这一套废话？冲他们那寸把长乌木镶边的指甲，鸦片烟带牙污的口气，就不能叫你放心，不说信任！同样穿洋服的大夫们够多漂亮，说话够多有把握，什么病就是什么病，该吃黄丸子的就不该吃黑丸子，这够多甘脆，单冲他们那身上收拾的干净，脸上表情的镇定与威权，病人就觉着爽气得多！"医者意也"是一句古话；但得进了现代的大医院，我们才懂得那话的意思。

多谢那些平均算一秒钟滚进一只金元宝之类的大大王们，他们有了钱没法用就想"留芳"，正如做皇帝的想成仙，拿了无数的钱分到苦恼的半开化的民族的国度里，造教堂推广福音来救度他们的灵魂，造医院推广仁术来救度他们的病痛。而且这也不是白来；他们往回收

---

① 即 ABC。

的不是名，就是利，狠多时候是名利双收。 为什么不，我有了钱也这么来。

我个人向来也是无条件信仰西洋医学，崇拜外国医院的，但新近接连听着许多话不由我不开始疑问了。 我只说疑问，不说停止崇拜，那还远着哪。 在北京有的医院别号是"高等台基"，有的雅称是某大学分院，这已够新鲜，但还不妨事，医院是医病的机关，只要它这一点能名副其实的做到，你管得它其他附带的作用。 但在事实上可巧它们往往是在最主要的功用上使我们失望，那是我们为全社会计，为它们自身名誉计，有时不得不出声来提醒它们一声。 我们只说提醒，决不敢用忠告甚至警告责备一类的字样；因为我们怎能不感念它们在这里方便我们的好意？

我们提另来说协和。 因为协和，就我所知道的，岂不是在本城的医院中算是资本最雄厚，设备最丰富，人材最济济的一个机关？并且它也是在办事上最认真的一个地方，我们可以相信。 它一年所化的钱，一年所医治的人，虽则我不知实在，想来一定是可惊的数目。 但我们要看看它的成绩。 说来也怪，也许原因是人们的本性是忘恩，也许它的"人缘"特别不佳，凡是请教过协和的病人，就我所知，简直可说是一致，也许多少不一，有怨言。 这怨言的性质却不一致，综了说有这几种：

（一）种族界限　这是说看病先看你脸皮是白是黄；凡是外国人，说句公平话，他们所得的待遇就应有尽有，一点也不含糊，但要是不幸你是黄脸的，那就得趁大夫们的高兴了，他们爱怎么样理你就怎么样理你。 据说院内雇用的中国人，上自助手下至打扫的，都在说这话——中外国病人的分别大着哪！原来是，这是有根据的，诺狄克民[①]

---

① 诺狄克民：北欧人别称，有说欧洲人种最优秀者云云。

优胜的谬见一天不打破，我们就得一天忍受这类不平等的待遇。外国医院设在中国的，第一个目的当然是伺候外国人，轮得着你们，已算是好了，谁叫你们自不争气，有病人自己不会医！

（二）势利分别 同是中国人，还有分别；但这分别又是理由极充分的：有钱有势的病人照例得着上等的待遇，普通乃至贫苦的病人只当得病人看。这是人类的通性什么地方什么时候都有表见^①的，谁来低哆谁就没有幽默，虽则在理论上说至少医院似乎应分是"一视同仁"的。我们听见过进院的产妇放在屋子里没有人顾问，到时候小孩子自己下来了，医生还不到一类的故事！

（三）科学精神 这是说拿病人当试验品，或当标本看。你去看你的眼，一个大夫或是学生来检看了一下出去了，二一个大夫或是学生又来查看了一下出去了，三一个大夫或是学生再来一次，但究竟谁负责看这病，你得绕大弯儿才找得出来，即使你能的话。他们也许是为他们自己看病来了，但狠不像是替病人看病。那也有理，但在这类情形之下，西滢在他的闲话说得趣，付钱的应分是医院，不该是病人！

（四）大意疏忽 一般人的逻辑是不准确的，他们往往因为一个医生偶尔的疏忽便断定他所代表的学理与方法是要不得的。狠多人从极细小题外的原因推定科学的不成立。这是危险的。就医病说，从新医术跳回党参黄岐，从党参黄岐跳回祝由科符水，从符水到请猪头烧纸，是常见的事，我们忧心文明，期望"进步"的不该奖励这类"开倒车"的趋向。但同时不幸对科学有责任的新派大夫们，偏容易大意，结果是多少误事。查验的疏忽，诊断的错误，手术的马虎，在在是使病人失望的原因。但医病是何等事，一举间的分别可以交关人命，我们即使大量，也不能忍受无谓的灾殃。

---

① 表见：现通用为"表现"。

最近一个农业大学学生的死据报载是(一)原因于不及时医治,(二)原因于手术时不慎致病菌入血。 这类的情形我们如何能不抗议?

再如梁任公先生这次的白丢腰子,几乎是太笑话了。 梁先生受手术之前,见着他的知道,精神够多健旺,面色够多光采①。 协和最能干的大夫替他下了不容疑义的诊断,说割了一个腰子病就去根。 腰子割了病没有割。 那么病原在牙;再割牙,从一根割起割到七根,病还是没有割。 那么病在胃吧;俄瘪了试试——人瘪了,病还是没有瘪。那究竟为什么出血呢? 最后的答话其实是太妙了,说是无原因的出血:Essential Hoematuria。 所以闹了半天的发见是既不是肾脏肿痬(Kidney Tarmour)又不是齿牙一类的作祟:原因是无原因的! 我们是完全外行,怎懂得这其中的玄妙,内行错了也只许内行批评,那轮着外行多嘴! 但这是协和的责任心,这是他们的见解,他们的本领手段!

后面附着梁仲策先生的笔记,关于这次医治的始末,尤其是当事人的态度,记述甚详,不少耐人寻味的地方,你们自己看去,我不来多加案语。 但一点是分明的,协和当事人免不了诊断疏忽的责备。我们并不完全因为梁先生是梁先生所以特别提出讨论,但这次因为是梁先生在协和已经是特别卖力气,结果尚不免几乎出大乱子,我们对于协和的信仰,至少我个人的,多少不免有修正的必要了。 "尽信医则不如无医",诚哉是言也! 但我们却不愿一班人因此而发生出轨的感想:就是对医学乃至科学本身怀疑,那是错了,当事人也许有时没交代,但近代医学是有交代的,我们决不能混为一谈。 并且外行终究是外行,难说梁先生这次的经过,在当事人自有一种折服人的说法,我们也不得而知。 但假如有理可说的话,我们为协和计,为替梁先生割腰子的大夫计,为社会上一般人对协和乃至西医的态度计,正巧梁

———————

① 光采:现通用为"光彩"。

先生的医案已经几于尽人皆知，我们即不敢要求，也想望协和当事人能给我们一个相当的解说。 让我们外行借此长长见识也是好的！

　　要不然我们此后岂不个个人都得踌躇着：

　　我们病了怎么办？

附：梁仲策①《病院笔记》

　　今日为四月十二日，任兄出协和，在院凡三十五日，彼之病至此遂告一结束，余得而论次之矣。平心而论，余实不能认为协和医生之成功，只能谓之为束手。质而言之，即世界之医学，仍甚幼稚而已。科学万能，或为千百年后之事实，但必不在现代耳。剖治之当日，力舒东谓余曰：下午五时许，当可将割出之腰肾查得其病源矣。五时半，余在协和见刘瑞恒，询以此事，彼云该更历两日，后数日余再问之，答亦如前。此后余亦不复问，盖问之及，彼亦何尝不可用自己之理想造一方案以相告，所望宿病既除，从此健康耳。即不然，则已覆之甑，顾亦何益。后再历十余日，余见该院医生之举动诡异，于心窃有所疑，乃覆追求其故，始知割后二十余日，尿中依然带血也。剖治时余未参观，但据力舒东之言，则当腰肾割出时，环视诸人皆愕然。力与刘作一谐语曰："非把他人之肾错割乎？"刘曰："分明从右胁剖开，取出者当然是右肾；焉得有错。"乃相视而笑。力又云，作副手之美国大夫，亦发一简单之语曰："吾生平所未之见也。"以此证之，则取出之肾：颜色与形状，一如常人，绝无怪异可知。继乃将此肾中剖之，则见中有一黑点，大如樱桃，即从照片上所见，疑以为瘤者，即此物也。未入协和之先，用牛七杜仲之吴桃三，谓此病非急症，任其流血

_____

　　① 梁仲策：梁启超之弟梁启勋，著名词学家。

二三十年，亦无所不可。入院之后，医生谓已发见得有贫血之象征，身上之白血轮，较于常人，已少却五分之一，不亟治，则将成一人造之贫血症，而日就衰弱也。迨既割而血仍不止，病源亦复不可得，遂令余等得闻一新颖之名词，谓此乃"无理由之出血症"，与流鼻血略相似，任其流二三十年亦不相干。计人之流鼻血，或以血热，或以虚弱，或以震动，固各自有其理由。且血既不应出而出，当然是病的状态，天下岂有无理由之病，或公等未知其理由耳。且初入院时，谓血轮已少却五分之一，不亟治，将即死。今则曰，此等无理由之出血，流二三十年亦无伤。前何所见而后何所据，自相矛盾，一至于此。辛苦数十日，牺牲身体上之一机件，所得之结果，乃仅与中医之论断相同耶。中医之理想，虽不足以服病人，然西医之武断，亦岂可以服中医。总而言之，同是幼稚而已。至于任兄之性情，亦复不可思议。得病已经年，家人劝彼就医，答曰"费事"，劝彼就瓶而溺，俾得交医生检查，答曰"费事"，如是不下数十次。迨未入协和之前一日，彼由清华来，余见其颜色有异，议论反常。后乃知其忽自疑为癌Cancer，盖前年嫂氏之丧，乃膺此疾，故成惊弓之鸟，无端而自疑曰癌也癌也。余与彼为兄弟数十年，从未闻其作一颓唐语，今乃大异。因即促之入院再受检查，以安其心。日前在德医院，余之所以不愿其再查者，因见克礼似无甚把握，又见受蒙药时太辛苦耳。今彼之神经，若是其过敏，吾恐所受之刺激，必较甚于蒙药，乃毅然促其入协和。计彼得病以至于今，初则极端的不措意，一措意又复极端，此彼之所以为彼也。至于刘瑞恒，以手术论，不能不谓为高明。割后绝不发热，且平复速而完好，虽则病人身体之强健，医生认为有异于常人，然亦□①工也。但余

---

① 此处疑缺字。

颇嫌其年尚轻而任事未久，似觉炉火未纯。任兄之病必非癌，虽自非医生，亦可以想象而得。若癌已蔓延至于压逼肾肌而使之出血，更历一年，而犹不感受痛苦，天下岂有此等便宜事。后以此问诸医学者，亦皆谓然。且谓若为癌也，四个月即感苦痛，压迫内脏之后，不两月间当死。此等道理，刘瑞恒岂能不知。迨检查后，谓病在右肾，越一日，余问刘曰："必非癌乎？"盖病人所最不放心者以此，家族亦因之而不放心，理之常也。而刘答曰："不一定不是癌。"余又问将以何法治之？答曰："全部割去。"医生而故作惊人语，似不应该，且未经剖视，即照片上亦未觉其变形，岂能遽断为必须全部割去？不太莽耶？试观后来彼等讨论治法之日，外科主任之所以答余问，何等周挚，彼即作刘副手之美国人也。闻此公乃一极有名之外科，未施手术之先，院中人有为余相庆者，谓此大夫两月后即返美国，君家之机会佳哉。今刘亦并未尝因手术之不良而生变，则最好亦不过如是耳，更无问题矣。但美大夫既诧割出之肾无异状，似以为不应因此而出血，设当日以彼主其事，是否竟毅然去之，不能无疑。今果已证明病源之不在此矣，此肾之被弃，能无冤乎。医生之言曰，左右肾来管本相同，中道而分为二，又复合为一管以入膀胱，二者同是排泄器，无异职也。所以如此组织者，乃上帝之美术的观念，觉得分左右列，较为整齐而已。此滑稽之言也。今幸而左肾之排泄功能，绝无障碍，则亦不必追悔矣。计划之所以越俎而动者，乃徇任兄之请，任兄之所以请刘动手者，乃国际观念，谓余之病疗于中国学者之手，国之光也。一旦感情冲动，遂不惜以身试法，亦奇矣。任兄乃最富于情感之人，此亦彼之所以为彼也。

话

《话》是徐志摩一九二六年在燕京大学作的演讲，旨在强调去"倾听"大自然所发出的"绝对的值得一听的话"。

写作时间和发表报刊不详；初收一九二六年六月北京北新书局散文集《落叶》。

绝对的值得一听的话，是从不曾经人口说过的；比较的值得一听的话，都在偶然的低声细语中；相对的不值得一听的话，是有规律有组织的文字结构；绝对不值得一听的话，是用不经修练，又粗又蠢的嗓音所发表的语言。 比如：正式会集的演说，不论是运动女子参政或是宣传色彩鲜明的主义；学校里讲台上的演讲，不论是山西乡村里训阎阎圣人用民主义的冬烘先生①的法宝，或是穿了前红后白道袍方巾的博士衣的瞎扯；或是充满了烟士披里纯开口天父闭口阿门的讲道——都是属于我所说最后的一类：都是无条件的根本的绝对的不值得一听的话。历代传下来的经典，大部分的文学书，小部分的哲学书，都是末了第二类——相对的不值得一听的话。至于相对的可听的话，我说大概都在偶然的低声细语中：例如真诗人梦境最深——诗人们除了做梦再没有正当的职业——神魂远在祥云漂渺之间那时候随意吐露出来的零句断片，英国大诗人宛茨渥士②所谓茶壶煮沸时嘶嘶的微音；最可以象征入神的诗境——例如李太白的我"醉欲眠卿且去，明朝有意抱琴来"，或是开茨的 Then I shut her wild, wild eyes with kisses four,③你们知道宛茨渥士和雪莱他们不朽的诗歌，大都是在田野间，海滩边，树林里，独自徘徊着像离魂病似的自言自语的成绩；法国的波特莱亚，凡尔崙他们精美无比的妙句，狠多是受了烈性的麻醉剂——大麻或是鸦片——影响的结果。这种话比较的狠值得一听。还有青年男女初次受了顽皮的小爱神箭伤以后心跳肉颤面红耳赤的在花荫间，在课室内，或在月凉如洗的墓园里，含着一包眼泪吞吐出来的——不问怎样的不成片段，怎样的违反文法——往往都是一颗颗希有④的珍珠，真情真理的凝晶。但诸君要听明白了，我说值得一听的话大都是在偶然的低声和语中，不是说凡是低声和语都是值得一听的，要不然外交厅屏风后的交头接耳，家里太太月底月初枕头边的小啰嗦，都有了诗的价值了！

绝对的值得一听的话，是从不曾经人口道过的。整个的宇宙，只

---

① 冬烘先生：对迂腐、陈旧的知识分子的代称，语出旧典《唐摭言》中《误放》篇。

② 宛茨渥士：今通译为华兹华斯，英国诗人。

③ "随后我用四个吻，闭上了她野性的眼睛。"引自济慈诗《无情的妖女》。

④ 希有：现通译为"稀有"。

是不断的创造；所有的生命，只是个性的表现。 真消息，真意义，内蕴在万物的本质里，好像一条大河，网络似的支流，随地形的结构，四方错综着，由大而小，由小而微，由微而隐，由有形至无形，由可数至无限，但这看来极复杂的组织所表明的只是一个单纯的意义，所表现的只是一体活泼的精神；这精神是完全的，整个的，实在的；唯其因为是完全整个实在而我们人的心力智力所能运用的语言文字，只是不完全非整个的，模拟的，象征的工具，所以人类几千年来文化的成绩，也只是想猜透这大迷谜似是而非的各种的尝试。 人是好奇的动物；我们的心智，便是好奇心活动的表现。 这心智的好奇性便是知识的起原。 一部知识史，只是历尽了九九八十一大难却始终没有望见极乐世界求到大藏真经的一部西游记。 说是快乐吧，明明是劫难相承的苦恼，说是苦恼，苦恼中又分明有无限的安慰。 我们各个人的一生便是人类全史的缩小，虽则不敢说我们都是寻求真理的合格者，但至少我们的胸中，在现在生命的出发时期，总应该培养一点寻求真理的诚心，点起一盏寻真求理的明灯，不至于在生命的道上只是暗中摸索，不至于盲目的走到了生命的尽头，什么发见都没有。

　　但虽则真消息与真意义是不可以人类智力所能运用的工具——就是语言文字——来完全表现，同时我们又感觉内心寻真求知的冲动，想侦探出这伟大的秘密，想把宇宙与人生的究竟，当作一朵盛开的大红玫瑰，一把抓在手掌中心，狠劲的紧挤，把花的色，香，灵肉，和我们自己爱美爱色爱香的烈情，绞和在一起，实现一个澈底的痛快；我们初上生命和知识舞台的人，谁没有，也许多少深浅不同，浮士德的大野心，他想 "discover the force that binds the world and guides its course"①，谁不想在知识界里，做一个笼卷一切的拿破仑？ 这种想为

－－－－－－－－－－

　　①　发现控制这世界，指引其进程的力量。

王为霸的雄心，都是生命原力内动的征象，也是所有的大诗人大艺术家最后成功的预兆；我们的问题就在怎样能替这一腔还在潜伏状态中的活泼的蓬勃的心力心能，开辟一条或几条可以尽情发展的方向，使这一盏心灵的神灯，一度点着以后，不但继续的有燃料的供给，而且能在狂风暴雨的境地里，益发的光焰神明；使这初出山的流泉，渐渐的汇成活泼的小涧，沿路再并合了四方来会的支流，虽则初起经过崎岖的山路，不免辛苦，但一到了平原，便可以放怀的奔流，成河成江，自有无限的前途了。

真伟大的消息都蕴伏在万事万物的本体里，要听真值得一听的话，只有请教两位最伟大的先生。

现放在我们面前的两位大教授，不是别的，就是生活本体与大自然。 生命的现象，就是一个伟大不过的神秘：墙角的草兰，岩石上的苔藓，北冰洋冰天雪地里的极熊水獭，城河边咭咭叫夜的水蛙，赤道上火焰似沙漠里的爬虫，乃至于弥漫在大气中的微菌，大海底最微妙的生物；总之太阳热照到或能透到的地域，就有生命现象。 我们若然再看深一层，不必有菩萨的慧眼，也不必有神秘诗人的直觉，但凭科学的常识，便可以知道这整个的宇宙，只是一团活泼的呼吸，一体普遍的生命，一个奥妙灵动的整体。 一块极粗极丑的石子，看来像是全无意义毫无生命，但在显微镜底下看时，你就在这又粗又丑的石块里，发现一个神奇的宇宙，因为你那时所见的，只是千变万化颜色花样各各不同的种种结晶体，组成艺术家所不能想像的一种排列；若然再进一层研究，这无量数的凝晶各个的本体，又是无量数更神奇不可思议的电子所组成：这里面又是一个 Cosmos①，仿佛灿烂的星空，无量数的星球同时在放光辉在自由地呼吸着。

————————

① Cosmos：宇宙。

但我们决不可以为单凭科学的进步就能看破宇宙结构的秘密。 这是不可能的。 我们打开了一处知识的门，无非又发现更多还是关得紧紧的，猜中了一个小迷谜，无非从这猜中里又引起一个更大更难猜的迷谜，爬上了一个山峰，无非又发现前面还有更高更远的山峰。

这无穷尽性便是生命与宇宙的通性。 知识的寻求固然不能到底，生命的感觉也有同样无限的境界。 我们在地面上做人这场把戏里，虽则是霎那间的幻象，却是有的是好玩，只怕我们的精力不够，不曾学得怎样玩法，不怕没有相当的趣味与报酬。

所以重要的在于养成与保持一个活泼无碍的心灵境地，利用天赋的身与心的能力，自觉的尽量发展生活的可能性。 活泼无碍的心灵境界：比如一张绷紧的弦琴，挂在松林的中间，感受大气小大快慢的动荡，发出高低缓急同情的音调。 我们不是最爱自由最恶奴从吗？但我们向生命的前途看时，恐怕不易使我们乐观，除了我们一点无形无踪的心灵以外，种种的势力只是强迫我们做奴做隶的势力：种种对人的心与责任，社会的习惯，机械的教育，沾染的偏见，都像沙漠的狂风一样，卷起满天的砂土，不时可以把我们可怜的旅行人整个儿给埋了！

这就是宗教家出世主义的大原因，但出世者所能实现的至多无非是消极的自由，我们所要的却不止此。 我们明知向前是奋斗，但我们却不肯做逃兵，我们情愿将所有的精液，一齐发泄成奋斗的汗，与奋斗的血，只要能得最后的胜利，那时尽量的痛苦便是尽量的快乐。 我们果然能从生命的现象与事实里，体验到生命的实在与意义；能从自然界的现象与事实里，领会到造化的实在与意义，那时随我们付多大的价钱，也是值得的了。

要使生命成为自觉的生活，不是机械的生存，是我们的理想。 要从我们的日常经验里，得到培保心灵扩大人格的资养，是我们的理想。 要使我们的心灵，不但消极的不受外物的拘束与压迫，并且永远在继续的自动，趋向创作，活泼无碍的境界，是我们的理想。使我们的精神生活，取得不可否认的实在，使我们生命的自觉心，像大雪天滚雪球一般的愈滚愈大，不但在生活里能同化极伟大极深沈与极隐奥的情感，并且能领悟到大自然一草一木的精神，是我们的理想。使天赋我们灵肉两部的势力，尽性的发展，趋向最后的平衡与和谐，是我们的理想。

理想就是我们的信仰，努力的标准，果然我们能运用想像力为我们自己悬拟一个理想的人格，同时运用理智的机能，认定了目标努力去实现那理想，那时我们在奋斗的经程中，一定可以得到加倍的勇气，遇见了困难，也不至于失望，因为明知是题中应有的文章，我们的立身行事，也不必迁就社会已成的习惯与法律的范围，而自能折衷于超出寻常所谓善恶的一种更高的道德标准；我们那时便可以借用李太白当时躲在山里自得其乐时答复俗客的妙句，"落花流水杳然去，别有天地非人间"！

我们也明知这不是可以偶然做到的境界；但问题是在我们能否见到这境界，大多数人只是不黑不白的生，不黑不白的死，耗费了不少的食料与饮料，耗费了不少的时间与空间，结果连自己的臭皮囊都收拾不了，还要连累旁人；能见到的人已经不少，见到而能尽力做去的人当然更少，但这极少数人却是文化的创造者，便能在梁任公先生说的那把宜兴茶壶里留下一些不磨的痕迹。

我个人也许见识太偏僻了，但我实在不敢信人为的教育，他动的训练，能有多大的价值；我最初最后的一句话，只是"自身体验去"，真学问真知识决不是在教室中书本里所能求得的。

大自然才是一大本绝妙的奇书，每张上都写有无穷无尽的意义，我们只要学会了研究这一大本书的方法，多少能够了解他内容的奥义，我们的精神生活就不怕没有资养，我们理想的人格就不怕没有基础。 但这本无字的天书决不是没有相当的准备就能一目了然的：我们初识字的时候，打开书本子来，只见白纸上画的许多黑影，那里懂得什么意义。 我们现有的道德教育里那一条训条，我们不能在自然界感到更深彻的意味，更亲切的解释？每天太阳从东方的地平上升，渐渐的放光，渐渐的放彩，渐渐的驱散了黑夜，扫荡了满天沉闷的云雾，霎刻间临照四方，光满大地，这是何等的景象？夏夜的星空，张着无量数光芒闪铄的神眼，衬出浩渺无极的苍穹，这是何等的伟大景象？大海的涛声不住的在呼啸起落，这是何等伟大奥妙的景象？高山顶上一体的纯白，不见一些杂色，只有天气飞舞着，云彩变幻着，这又是何等高尚纯粹的景象？小而言之，就是地上一颗极贱的草花，他在春风与艳阳中摇曳着，自有一种庄严愉快的神情，无怪诗人见了，甚至内感"非涕泪所能宣泄的情绪"。 宛茨渥士说的自然"大力回容，有镇驯矫伤之功"，这是我们的真教育。 但自然最大的教训，尤在"凡物各尽其性"的现象。 玫瑰是玫瑰，海棠是海棠，鱼是鱼，鸟是鸟，野草是野草，流水是流水，各有各的特性，各有各的效用，各有各的意义。 仔细的观察与悉心体会的结果，不由你不感觉万物造作之神奇，不由你不相信万物的底里是有一致的精神流贯其间，宇宙是合理的组织，人生也无非这大系统的一个关节。 因此我们也感想到人类也许是最无出息的一类。 一茎草有他的妩媚，一块石子也有他的特点，独有人反只是庸生庸死，大多数非但终身不能发挥他们可能的个性，而且遗下或是丑陋或是罪恶一类不洁净的踪迹，这难道也是造物主的本意吗？

我前面说过所有的生命只是个性的表现。 只要在有生的期间内，将天赋可能的个性尽量的实现，就是造化旨意的完成。 我这几天在留心我们馆里的月季花，看他们结苞，看他们开放，看他们逐渐的盛开，看他们逐渐的憔悴，逐渐的零落。 我初动的感情觉得是可悲，何以美的幻象这样的易灭，但转念却觉得不但不必为花悲，而且感悟了自然生生不已的妙意。花的责任，就在集中她春来所吸受阳光雨露的精神，开成色香两绝的好花，精力完了便自落地成泥，圆满功德，明年再来过。只有不自然的被摧残了，不能实现她自傲色香的一两天，那才是可伤的耗费。

不自然的杀灭了发长的机会，才是可惜，才是违反天意。我们青年人应该时时刻刻把这个原则放在心里。不能在我生命里实现人之所以为人，我对不起自己。在为人的生活里不能实现我之所以为我，我对不起生命；这个原则我们也应该时时放在心里。

我们人类最大的幸福与权力，就是在生活里有相当的自由活动，我们可以自觉的调剂，整理，修饰，训练我们生活的态度，我们既然了解了生活只是个性的表现，只是一种艺术，就应得利用这一点特权将生活看作艺术品，谨慎小心的做去。运命论我们是不相信的，但就是相面算命先生也还承认心有改相致命的力量。环境论的一部分我们不得不承认，但是心灵支配环境的可能，至少也与环境支配生活的可能相等，除非我们自愿让物质的势力整个儿扑灭了心灵的发展，那才是生活里最大的悲惨。

我们的一生不成材不碍事，材是有用的意思；不成器也不碍事，器也是有用的意思。生活却不可不成品，不成格，品格就是个性的外现，是对于生命本体，不是对于其余的标准，例如社会家庭——直接担负的责任；橡树不是榆树，翠鸟不是鸽子，各有各的特异的品格。在造化的观点看来，橡树不是为柜子衣架而生，鸽子也不是为我们爱吃五香鸽子而存，这是他们偶然的用或被利用，物之所以为物的本义是在实现他天赋的品性，实现内部精力所要求的特异的格调。我们生命里所包涵的活力，也不问你在世上做将做相做资本家做劳动者做国会议员做大学教授，而只要求一种特异品格的表现，独一的，自成一体的，不可以第二类相比称的，犹之一树上没有两张绝对相同的叶子，我们四万万人里也没有两个相同的鼻子。

而要实现我们真纯的个性，决不是仅仅在外表的行为上务为新奇务为怪僻——这是变性不是个性——真纯的个性是心灵的权力能够统制与调和身体，理智，情感，精神种种造成人格的机能以后自然流露的状态，在内不受外物的障碍，像分光镜似的灵敏，不论是地下的泥砂，不论是远在万万里外的星辰，只要光路一对准，就能分出他光浪的特性；一次经验便是一次发明，因为是新的结合，新的变化。有了这样的内心生活，发之于外，当然能超于人为的条例而能与更深奥却更实在的自然规律相呼应，当然能实现一种特异的品与格，当然能在这大自然的系统里尽他特异的贡献，证明他自身的价值。懂了物各尽其性的意义再来观察宇宙的事物，实在没有一件东西不是美的，一叶一花是美的不必说，就是毒性的虫比如蝎子比如蚂蚁都是美的。只有人，造化期望最深的人，却是最辜负的，最使人失望的，因为一般的人，都是自暴自弃，非但不能尽性，而且到底总是糟蹋了原来可以为美可以为善的本质。

惭愧呀，人！好好一个可以做好文章的题目，却被你写做一篇一窍不通的滥调；好好一个画题，好好一张帆布，好好的颜色，都被你涂成奇丑不堪的滥画；好好的雕刀与花岗石，却被你断成荒谬恶劣的怪像！好好的富有灵性可以超脱物质与普遍的精神共化永生的生命，却被你糟蹋亵渎成了一种丑陋庸俗卑鄙龌龊的废物！

生活是艺术。我们的问题就在怎样的运用我们现成的材料，实现我们理想的作品；怎样的可以像密仡郎其罗①一样，取到了一大块矿山里初开出来的白石，一眼望过去，就看出他想像中的造像，已经整个

---

① 密仡郎其罗：今通译为米开朗琪罗，古意大利雕塑家、建筑家、诗人。

的嵌稳著，以后只要下打开石子把他不受损伤的取了出来的工夫就是。 所以我们再也不要抱怨环境不好不适宜，阻碍我们自由的发展，或是教育不好不适宜，不能奖励我们自由的发展。 发展或是压灭，自由或是奴从，真生命或是苟活，成品或是无格——一切都在我们自己，全看我们在青年时期有否生命的觉悟，能否培养与保持心灵的自由，能否自觉的努力，能否把生活当作艺术，一笔不苟的做去。 我所以回反重复的说明真消息真意义真教育决非人口或书本子可以宣传的，只有集中了我们的灵感性直接的一面向生命本体，一面向大自然耐心去研究，体验，审察，省悟，方才可以多少了解生活的趣味与价值与他的神圣。

因为思想与意念，都起于心灵与外象的接触：创造是活动与变化的结果。 真纯的思想是一种想像的实在，有他自身的品格与美，是心灵境界的彩虹，是活著的胎儿。 但我们同时有智力的活动，感动于内的往往有表现于外的倾向——大画家米莱氏说，深刻的印象往往自求外现，而且自然的会寻出最强有力的方法来表现——结果无形的意念便化成有形可见的文字或是有声可闻的语言，但文字语言最高的功用就在能象征我们原来的意念，他的价值也止于凭藉①符号的外形暗示他们所代表的当时的意念。 而意念自身又无非是我们心灵的照海灯偶然照到实在的海里的一波一浪或一岛一屿。 文字语言本身又是不完善的工具，再加之我们运用驾驭力的薄弱，所以文字的表现狠难得是勉强可以满足的。 我们随便翻开那一本书，随便听人讲话，就可以发现各式各样的文字障，与语言习惯障，所以既然我们自己用语言文字来表现内心的现象已经至多不过勉强的适用，我们如何可以期望满心只是文字障与语言习惯障的他人，能从呆板的符号里领悟到我们一时神

---

① 凭藉：现通用为"凭借"。

感的意念。 佛教所以有禅宗一派，以不言传道，是狠可寻味的——达摩面壁十年，就在解脱文字障直接明心见道的工夫。 现在的所谓教育尤其是离本更远，即使教育的材料最初是有多少活的成分，但经了几度的转换，无意识的传授，只能变成死的训条——穆勒约翰①说的 dead dogma② 不是 living idea③，我个人所以根本不信任人为的教育能有多大的价值，对于人生少有影响不用说，就是认为灌输知识的方法，照现有的教育看来，也免不了硬而且蠢的机械性。

但反过来说，既然人生只是表现，而语言文字又是人类进化到现在比较的最适用的工具，我们明知语言文字如同政府与结婚一样是一件不可免的没奈何事，或如尼采说的是"人心的牢狱"，我们还是免不了他。 我们只能想法使他增加适用性。 不能抛弃了不管。 我们只能做两部分的工夫：一方面消极的防止文字障语言习惯障的影响；一方面积极的体验心灵的活动，极谨慎的极严格的在我们能运用的字类里选出比较的最确切最明了最无疑义的代表。

这就是我们应该应用"自觉的努力"的一个方向。 你们知道法国有个大文学家弗洛贝尔④，他有一个信仰，以为一个特异的意念只有一个特异的字或字句可以表现，所以他一辈子艰苦卓绝的从事文学的日子，只是在寻求唯一适当的字句来代表唯一相当的意念。 他往往不吃饭不睡，呆呆的独自坐着，绞着脑筋的想，想寻出他当心惬意的表现，有时他烦恼极了甚至想自杀，往往想出了神，几天写不成一句句子。 试想像他那样伟大的天才，那样丰富的学识，尚且要下这样的苦工，方才制成不朽的文学，我们看了他的榜样不应该感动吗？

---

① 穆勒约翰：今通译为约翰·S·穆勒，英国哲学家。
② dead dogma：死掉的教条。
③ living idea：活着的思想。
④ 弗洛贝尔：今通译为福楼拜，代表作《包法利夫人》等。

不要说下笔写，就是平常说话，我们也应有相当的用心——一句话可以泄露你心灵的浅薄，一句话可以证明你自觉的努力，一句话可以表示你思想的糊涂，一句话可以留下永久的印象。这不是说说话要漂亮，要流利，要有修词①的工夫，那都是不重要的；最重要的是对内心意念的忠实，与适当的表现。固然有了清明的思想，方能有清明的语言，但表现的忠实，与不苟且运用文字的决心，也就有纠正松懈的思想与警醒心灵的功效。

我们知道说话是表现个性极重要的方法，生活既然是一个整体的艺术，说话当然是这艺术里的重要部分。极高的工夫往往可以从极小的起点做去，我们实现生命的理想，也未始不可从注意说话做起。

---

① 修词：现通用为"修辞"。

海滩上种花

《海滩上种花》缘于凌叔华为徐志摩画的一帧拜年片,一个小孩子提着水壶,在海滩上种花。取其"只问耕耘,不求收获"之意。

写作时间和发表报刊不详;初收一九二六年六月北京北新书局散文集《落叶》。

朋友是一种奢华;且不说酒肉势利,那是说不上朋友,真朋友是相知,但相知谈何容易,你要打开人家的心,你先得打开你自己的,你要在你的心里容纳人家的心,你先得把你的心推放到人家的心里去:这真心或真性情的相互的流转,是朋友的秘密,是朋友的快乐。但这是说你内心的力量够得到,性灵的活动有富余,可以随时开放,随时往外流，像山里的泉水，流向容得住你的同情的沟槽；有时你得冒险，你得化本钱，你得抵拼在嵯岈的乱石间，触刺的草缝里耐心的寻路，那时候艰难，苦痛，消耗，在在是可能的，在你这水一般灵动，水一般柔顺的寻求同情的心能找到平安欣快以前。

我所以说朋友是奢华，"相知"是宝贝，但得拿真性情的血本去换，去拼。因此我不敢轻易说话，因为我自己知道我的来源有限，十分的谨慎尚且不时有破产的恐惧；我不能随便"化"。前天有几位小朋友来邀我跟你们讲话，他们的恳切折服了我，使我不得不从命，但是小朋友们，说也惭愧，我拿什么来给你们呢？

我最先想来对你们说些孩子话，因为你们都还是孩子。但是那孩子的我到那里去了？仿佛昨天我还是个孩子，今天不知怎的就变了样。什么是孩子要不为一点活泼的天真？但天真就比是泥土里的嫩芽，天冷泥土硬就压住了它的生机——这年头问谁去要和暖的春风？

孩子是没了。你记得的只是一个不清切的影子，麻糊得紧，我这时候想起就像是一个瞎子追念他自己的容貌，一样的记不周全；他即使想急了拿一双手到脸上去印下一个模子来，那模子也是个死的。真的没了。一天在公园里见一个小朋友不提多么活动，一忽儿上山，一忽儿爬树，一忽儿溜冰，一忽儿干草里打滚，要不然就跳着憨笑；我看着羡慕，也想学样，跟他一起玩，但是不能，我是一个大人，身上穿着长袍，心里存着体面，怕招人笑，天生的灵活换来矜持的存心——孩子，孩子是没有的了，有的只是一个年岁与教育蛀空了的躯壳，死僵僵的，不自然的。

我又想找回我们天性里的野人来对你们说话。因为野人也是接近自然的；我前几年过印度时得到极刻心的感想，那里的街道房屋以及土人的体肤容貌，生活的习惯，虽则简，虽则陋，虽则不夸张，却处处与大自然——上面碧蓝的天，火热的阳光，地下焦黄的泥土，高矗的椰树——相调谐，情调，色彩，结构，看来有一种意义的一致，就比是一件完美的艺术的作品。 也不知怎的，那天看了他们的街，街上的牛车，赶车的老头露着他的赤光的头颅与紫姜色的圆肚，他们的庙，庙里的圣像与神座前的花，我心里只是不自在，就仿佛这情景是一个熟悉的声音的叫唤，叫你去跟着他，你的灵魂也何尝不活跳跳的想答应一声"好，我来了，"但是不能，又有碍路的挡着你，不许你回复这叫唤声启示给你的自由。 困着你的是你的教育；我那时的难受就比是一条蛇摆脱不了困住他的一个硬性的外壳——野人也给压住了，永远出不来。

所以今天站在你们上面的我不再是融会自然的野人，也不是天机活灵的孩子：我只是一个"文明人"，我能说的只是"文明话"。 但什么是文明只是堕落！文明人的心里只是种种虚荣的念头，他到处忙不算，到处都得计较成败。 我怎么能对着你们不感觉惭愧？不了解自然不仅是我的心，我的话也是的。 并且我即使有话说也没法表现，即使有思想也不能使你们了解；内里那点子性灵就比是在一座石壁里牢牢的砌住，一丝光亮都不透，就凭这双眼望见你们，但有什么法子可以传达我的意思给你们，我已经忘却了原来的语言，还有什么话可说的？

但我的小朋友们还是逼着我来说谎（没有话说而勉强说话便是谎）。 知识，我不能给；要知识你们得请教教育家去，我这里是没有的。 智慧，更没有了：智慧是地狱里的花果，能进地狱更能出地狱的才采得着智慧，不去地狱的便没有智慧——我是没有的。

我正发窘的时候，来了一个救星——就是我手里这一小幅画，等我来讲道理给你们听。 这张画是我的拜年片，一个朋友替我制的。你们看这个小孩子在海边砂滩上独自的玩，赤脚穿着草鞋，右手提着一枝花，使劲把它往砂里栽，左手提着一把浇花的水壶，壶里水点一滴滴的往下吊着。离着小孩不远看得见海里翻动着的波澜。

你们看出了这画的意思没有？

在海砂里种花。在海砂里种花！那小孩这一番种花的热心怕是白费的了。砂碛是养不活鲜花的，这几点淡水是不能帮忙的；也许等不到小孩转身，这一朵小花已经支不住阳光的逼迫，就得交卸他有限的生命，枯萎了去。况且那海水的浪头也快打过来了，海浪冲来时不说这朵小小的花，就是大根的树也怕站不住——所以这花落在海边上是绝望的了，小孩这番力量准是白化的了。

你们一定狠能明白这个意思。我的朋友是狠聪明的，她拿这画意来比我们一群呆子，乐意在白天里做梦的呆子，满心想在海砂里种花的傻子。画里的小孩拿着有限的几滴淡水想维持花的生命，我们一群梦人也想在现在比沙漠还要干枯比沙滩更没有生命的社会里，凭着最有限的力量，想下几颗文艺与思想的种子，这不是一样的绝望，一样的傻？想在海砂里种花，想在海砂里种花，多可笑呀！但我的聪明的朋友说，这幅小小画里的意思还不止此；讽刺不是她的目的。她要我们更深一层看。在我们看来海砂里种花是傻气，但在那小孩自己却不觉得。他的思想是单纯的，他的信仰也是单纯的。他知道的是什么？他知道花是可爱的，可爱的东西应得帮助他发长；他平常看见花草都是从地土里长出来的，他看来海砂也只是地，为什么海砂里不能长花他没有想到，也不必想到，他就知道拿花来栽，拿水去浇，只要那花在地上站直了他就欢喜，他就乐，他就会跳他的跳，唱他的唱，来赞美这美丽的生命，以后怎么样，海砂的性质，花的运命，他全管不着！我们知道小孩们怎样的崇拜自然，他的身体虽则小，他的灵魂却是大着，他的衣服也许脏，他的心可是洁净的。这里还有一幅画。这是自然的崇拜，你们看这孩子在月光下跪着拜一朵低头的百合花，这时候他的心与月光一般的清洁，与花一般的美丽，与夜一般的安静。 我们可以知道到海边上来种花那孩子的思想与这月下拜花的孩子的思想会得跪下的——单纯，清洁，我们可以想像那一个孩子把花栽好了也是一样来对着花膜拜祈祷——他能把花暂时栽了起来便是他的成功，此外以后怎么样不是他的事情了。

你们看这个象征不仅美，并且有力量；因为它告诉我们单纯的信心是创作的泉源——这单纯的烂漫的天真是最永久最有力量的东西，阳光烧不焦他，狂风吹不倒他，海水冲不了他，黑暗掩不了他——地面上的花朵有被摧残有消灭的时候，但小孩爱花种花这一点："真"却有的是永久的生命。

我们来放远一点看。 我们现有的文化只是人类在历史上努力与牺牲的成绩。 为什么人们肯努力肯牺牲？因为他们有天生的信心；他们的灵魂认识什么是真什么是善什么是美，虽则他们的肉体与智识有时候会诱惑他们反着方向走路；但只要他们认明一件事情是有永久价值的时候，他们就自然的会得兴奋，不期然的自己牺牲，要在这忽忽变动的声色的世界里，赎出几个永久不变的原则的凭证来。 耶稣为什么不怕上十字架？密尔顿何以瞎了眼还要做诗，贝德花芬①何以聋了还要制音乐，密仡郎其罗为什么肯积受几个月的潮湿不顾自己的皮肉与靴子连成一片的用心思，为的只是要解决一个小小的美术问题？为什么永远有人到冰洋尽头雪山顶上去探险？为什么科学家肯在显微镜底下或是数目字中间研究一般人眼看不到心想不通的道理消磨他一生的光阴？

为的是这些人道的英雄都有他们不可摇动的信心；像我们在海砂里种花的孩子一样，他们的思想是单纯的——宗教家为善的原则牺

———————

① 贝德花芬：即贝多芬。

牲，科学家为真的原则牺牲，艺术家为美的原则牺牲——这一切牺牲的结果便是我们现有的有限的文化。

你们想想在这地面上做事难道还不是一样的傻气——这地面还不与海砂一样不容你生根；在这里的事业还不是与鲜花一样的娇嫩？——潮水过来可以冲掉，狂风吹来可以折坏，阳光晒来可以薰焦①我们小孩子手里拿着往砂里栽的鲜花，同样的，我们文化的全体还不一样有随时可以冲掉折坏薰焦的可能吗？巴比伦的文明现在那里？庞培城②曾经在地下埋过千百年，克利脱③的文明直到最近五六十年间才完全发见。并且有时一件事实体的存在并不能证明他生命的继续。这区区地球的本体就有一千万个毁灭的可能。人们怕死不错，我们怕死人，但最可怕的不是死的死人，是活的死人，单有躯壳生命没有灵性生活是莫大的悲惨；文化也有这种情形，死的文化倒也罢了，最可怜的是勉强喘着气的半死的文化。你们如其问我要例子，我就不迟疑的回答你说，朋友们，贵国的文化便是一个喘着气的活死人！时候已经狠久的了，自从我们最后的几个祖宗为了不变的原则牺牲他们的呼吸与血液，为了不死的生命牺牲他们有限的存在，为了单纯的信心遭受当时人的讪笑与侮辱。时候已经狠久的了，自从我们最后听见普遍的声音像潮水似的充满著地面。时候已经狠久的了，自从我们最后看见强烈的光明像慧④星似的扫掠过地面。时候已经狠久的了，自从我们最后为某种主义流过火热的鲜血。时候已经狠久的了，自从我们的骨髓里有胆量，我们的说话里有分量。这是一个极伤心的反省！我真

---

① 薰焦：现通用为"熏焦"。

② 庞培城：今通译为庞贝城，意大利古城，公元79年毁于维苏威火山爆发。

③ 克利脱：今通译为克利托文明，是史学家发现的起源于公元前3000年的古希腊文明的来源之一。

④ 此处"慧"字疑应为"彗"。

不知道这时代犯了什么不可赦的大罪，上帝竟狠心的赏给我们这样恶毒的刑罚？你看看去这年头到那里去找一个完全的男子或是一个完全的女子——你们去看去，这年头那一个男子不是阳痿，那一个女子不是鼓胀！要形容我们现在受罪的时期，我们得发明一个比丑更丑比脏更脏比下流更下流比苟且更苟且比懦怯更懦怯的一类生字去！朋友们，真的我心里常常害怕，害怕下回东风带来的不是我们盼望中的春天，不是鲜花青草蝴蝶飞鸟，我怕他带来一个比冬天更枯槁更凄惨更寂寞的死天——因为丑陋的脸子不配穿漂亮的衣服，我们这样丑陋的变态的人心与社会凭什么权利可以问青天要阳光，问地面要青草，问飞鸟要音乐，问花朵要颜色？你问我明天天会不会放亮？我回答说我不知道，竟许不！

归根是我们失去了我们灵性努力的重心，那就是一个单纯的信仰，一点烂漫的童真！不要说到海滩去种花——我们都是聪明人谁愿意做傻瓜去——就是在你自己院子里种花你都恐怕①动手哪！最可怕的怀疑的鬼与厌世的黑影已经占住了我们的灵魂！

所以朋友们，你们都是青年，都是春雷声响不曾停止时破绽出来的鲜花，你们再不可堕落了——虽则陷井②的大口满张在你的跟前，你不要怕，你把你的烂漫的天真倒下去，填平了它再往前走——你们要保持那一点的信心，这里面连着来的就是精力与勇敢与灵感——你们要不怕做小傻瓜，尽量在这人道的海滩边种你的鲜花去——花也许会消灭，但这种花的精神是不烂的！

---

① 疑此处作者漏写"懒"字。
② 陷井：现通用为"陷阱"。

南行杂纪

一九二六年八月十四日,徐志摩与陆小曼在北海董事会举行订婚仪式。徐志摩的父亲勉强答应两人的婚事,但提出三个条件:一、结婚费用自理,家庭概不负担;二、婚礼必须由胡适做介绍人,梁启超证婚,否则不予承认;三、结婚后必须南归,安分守己过日子。这三条徐志摩都答应了。

此文由两个单篇组成。《丑西湖》一九二六年八月七日作,载一九二六年八月九日《晨报副刊》,《劳资问题》。写作时间不详,载一九二六年八月二十三日《晨报副刊》,均署名志摩;初收一九八〇年台湾时报文化出版事业有限公司《徐志摩诗文补遗》。采自《晨报副刊》。

一、丑 西 湖

"欲把西湖比西子,浓妆淡抹总相宜",我们太把西湖看理想化了。夏天要算是西湖浓妆的时候,堤上的杨柳绿成一片浓青。里湖一带的荷叶荷花也正当满艳,朝上的烟雾,向晚的晴霞,那样不是现成的诗料，但这西姑娘你爱不爱？我是不成，这回一见面我回头就逃！什么西湖这简直是一锅腥臊的热汤！西湖的水本来就浅，又不流通，近来满湖又全养了大鱼，有四五十斤的，把湖里袅婷婷的水草全给咬烂了。 水混不用说，还有那鱼腥味儿顶叫人难受。 说起西湖养鱼，我听得有种种的说法，也不知那样是内情：有说养鱼甘脆是官家贸利，放著偌大一个鱼沼，养肥了鱼打了去卖不是顶现成的；有说养鱼是为预防水草长得太放肆了怕塞满了湖心；也有说这些大鱼都是大慈善家们为要延寿或是求子或是求财源茂盛特为从别地方买了来放生在湖里的，而且现在打鱼当官是不准的。 不论怎么样，西湖确是变了鱼湖了。 六月以来杭州据说一滴水都没有过，西湖当然水浅得像是个干血痨的美女，再加那腥味儿！今年南方的热，说来我们住惯北方的也不易信，白天热不说，通宵到天亮都不见放松，天天大太阳，夜夜满天星，节节高的一天暖似一天。 杭州更比上海不堪，西湖那一洼浅水用不到几个钟头的晒就离滚沸不远什么，四面又是山，这热是来得去不得，一天不发大风打阵，这锅热汤，就永远不会凉。 我那天到了晚上才雇了条船游湖，心想比岸上总可以凉快些。 好，风不来还熬得，风一来可真难受极了，又热又带腥味儿，真叫你发眩作呕，我同船一个朋友当时就病了，我记得红海里两边的沙漠风都似乎较为可耐些！夜间十二点我们回家的时候都还是热虎虎的。 还有湖里的蚊虫！简直是一群群的大水鸭子！你一坐定就活该。

这西湖是太难了，气味先就不堪。 再说沿湖的去处，本来顶清澹宜人的一个地方是平湖秋月，那一方平台，几棵杨柳，几折回廊，在秋月清澈的凉夜去坐著看湖确是别有风味，更好在去的人绝少，你夜间去总可以独占，唤起看守的人来泡一碗清茶，冲一杯藕粉，和几个朋友闲谈着消磨他半夜，真是清福。 我三年前一次去有琴友有笛师，躺平在杨树底下看揉碎的月光，听水面上翻响的幽乐。 那逸趣真不易。 西湖的俗化真是一日千里，我每回去总添一度伤心：雷峰也羞跑了，断桥拆成了汽车桥，哈得在湖心里造房子，某家大少爷的汽油船在三尺的柔波里兴风作浪，工厂的烟替代了出岫的霞，大世界以及什么舞台的锣鼓充当了湖上的啼莺，西湖，西湖，还有什么可留恋的！这回连平湖秋月也给糟蹋了，你信不信？"船家，我们到平湖秋月去，那边总还清静。""平湖秋月？先生，清静是不清静的，格歇开了酒馆，酒馆着实闹忙哩，你看，望得见的，穿白衣服的人多煞勒瞎，扇子扇得活血血的，还有唱唱的，十七八岁的姑娘，听听看——是无锡山歌哩，胡琴都蛮清爽的……"

　　那我们到楼外楼去吧。 谁知楼外楼又是一个伤心！原来楼外楼那一楼一底的旧房子斜斜的对著湖心亭，几张揩抹得发白光的旧桌子，一两个上年纪的老堂倌，活络络的鱼虾，滑齐齐的莼菜，一壶远年，一碟盐水花生，我每回到西湖往往偷闲独自跑去领略这点子古色古香，靠在栏杆上从堤边杨柳荫里望滟滟的湖光，晴有晴色，雨雪有雨雪的景致，要不然月上柳梢时意味更长，好在是不闹，晚上去也是独占的时候多，一边喝着热酒，一边与老堂倌随便讲讲湖上风光，鱼虾行市，也自有一种说不出的愉快。 但这回连楼外楼都变了面目！地址不曾移动，但翻造了三层楼带屋顶的洋式门面，新漆亮光光的刺眼，在湖中就望见楼上电扇的疾转，客人闹盈盈的挤着，堂倌也换了，穿上西崽的长袍，原来那老朋友也看不见了，什么闲情逸趣都没了！我们没办法移一个桌子在楼下马路边吃了一点东西，果然连小菜都变了，真是可伤。 泰戈尔来看了中国，发了狠大的感慨。 他说，"世界上再没有第二个民族像你们这样蓄意的制造丑恶的精神"。 怪不得老头牢骚，他来时对中国是怎样的期望（也许是诗人的期望），他看到的又是怎样一个现实！狄更生先生有一篇绝妙的文章，是他游泰山以后的感想，他对照西方人的俗与我们的雅，他们的唯利主义与我们的闲暇精神。 他说只有中国人才真懂得爱护自然，他们在山水间的点缀是没有一点辜负自然的；实际上他们处处想法子增添自然的美，他们不容许煞风景的事业。 他们在山上造路是依着山势回环曲折，铺上本山的石子，就这山道就饶有趣味，他们宁可牺牲一点便利，不愿斲丧自然的和谐。 所以他们造的是妩媚的石径；欧美人来时不开马路就来穿山的电梯。 他们在原来的石块上刻上美秀的诗文，漆成古色的青绿，在苔藓间掩映生趣；反之在欧美的山石上只见雪茄烟与各种生意的广告。 他们在山林丛密处透出一角寺院的红墙，西方人起的是几层楼嘈杂的旅馆。 听人说中国人处处得效法欧西，我不知道应得自觉虚心做学徒的究竟是谁！

这是十五年前狄更生先生来中国时感想的一节。 我不知道他现在要是回来看看西湖的成绩，他又有什么妙文来颂扬我们的美德！

说来西湖真是个爱伦内。 论山水的秀丽，西湖在世界上真有位置。 那山光，那水色，别有一种醉人处，叫人不能不生爱。 但不幸杭州的人种(我也算是杭州人)，也不知怎的，特别的来得俗气来得陋相。 不读书人无味，读书人更可厌，单听那一口杭白，甲隔甲隔的，就够人心烦！看来杭州人话会说(杭州人真会说话!)，事也会做，近年来就"事业"方面看，杭州的建设的确不少，例如西湖堤上的六条桥就全给拉平了替汽车公司帮忙；但不幸经营山水的风景是另一种事业，决不是开铺子，做官一类的事业，平常布置一个小小的园林，我们尚且说总得主人胸中有些邱壑，如今整个的西湖放在一班大老①的手里，他们脑子里平常想些什么我不敢猜度，但就成绩看，他们的确是只图每年"我们杭州"商界收入的总数增加多少的一种头脑！开铺

———————

① 大老：现通用为"大佬"。

子的老班①们也许沾了光，但是可怜的西湖呢？分明天生俊俏的一个少女，生生的叫一群蠢汉去替她涂脂抹粉，就说没有别的难堪情形，也就够煞风景又煞风景！天啊，这苦恼的西子！

但是回过来说，这年头那还顾得了美不美！江南总算是天堂，到今天为止。别的地方人命只当得虫子，有路不敢走，有话不敢说，还来搭什么臭绅士的架子，挑什么够美不够美的鸟眼？

八月七日

二、劳资问题

我不曾出国的时候只听人说振兴实业是救国的唯一路子，振兴实业的意思是多开工厂；开工厂一来可以解决贫民生计问题，二来可以塞住"漏卮"。那时我见着高矗的烟囱，心里就发生油然的敬意，如同翻开一本善书似的。

罗斯金与马立思②最初修正我对于烟囱的见解（那时已在美国），等到我离开纽约那一年我看了自由神的雕像都感着厌恶，因为它使我联想起烟囱。

我不喜欢烟囱另有一个理由。我那历史教师讲英国十九世纪初年的工业状况，以及工厂待遇工人的黑暗情形，内中有一条是叫年轻的小孩子钻进烟囱里去清理龌龊，不时有被熏焦了的。我不能不恨烟囱了。

我同情社会主义的起点是看了一部小说，内中讲芝加哥一个制肉糜厂，用极小的孩子看着机器的工作的；有一个小孩不小心把自己的小手臂也叫碾了进去，和着猪肉一起做了肉糜。那一厂的出货是行销

---

① 此处疑"班"字应为"板"。
② 此处"马立思"应为马克思。

东方各大城的，所以那一星期至少有几万人分尝到了那小孩的臂膀。肉厂是资本家开的，因此我不能不恨资本家。

我最初看到的社会主义是马克斯①前期的，劳勃脱欧温一派，人道主义，慈善主义，以及乌托邦主义混成一起的。正合我的脾胃。我最容易感情冲动，这题目够我的发泄了：我立定主意研究社会主义。

我在纽约那一年有一部分中国人叫我做鲍尔雪微克，因为——为什么？因为我房间里书架上碰巧有几本讲苏俄一类的书。到了英国我对劳工的同情益发分明了。在报纸上看到劳工就比是看三国志看到诸葛亮赵云，水浒看到李逵鲁智深，总是"帮"的。那时有机会接近的也是工党一边的人物。贵族，资本家：这类字样一提着就够挖苦！劳工，多响亮，多神圣的名词！直到我回国，我自问是个激烈派，一个社会主义者，即使不是个鲍尔雪微克。萧伯讷的话牢牢的记着，他说：一个在三十岁以下的人看了现代社会的状况而不是个革命家，他不是个痴子，定是个傻瓜。我年纪轻轻，不愿意痴，也不愿意傻，所以当然是个革命家。

到了中国以后，也不知怎的，原来热烈的态度忽然变了温和；原来一任感情的浮动。现在似乎要暂时遏住了感情。让脑筋凉够了仔细的想一想。但不幸这部分工夫始终不曾有机会做，虽则我知道我对这问题迟早得踌躇出一个究竟来：不经心的偶然的掼打不易把米粒从糠皮中分出。人是无远虑的多。我们在国外时劳资斗争是一个见天感受得到的实在：一个内阁的成功与失败全看它对失业问题有否相当的办法，罢工的危险性可以使你的房东太太整天在发愁与赌咒中过日子。这就不容你不取定一个态度，袒护资本还是同情劳工？中国究竟还差得远：资本和劳工同样说不到大规模的组织，日常生活与所谓近

---

① 马克斯：今通译为马克思。

代工业主义间看不出什么迫切的关系，同时疯癫性的内战完全占住了我们的注意，因此虽则近来罢工一类的事实常有得听见，这劳资问题的实在在一般人的心目中总还是远着一步的。 尤其是在北京一类地方，除了洋车夫与粪夫，见不到什么劳工社会，资本更说不上，所以尽凭"打倒资本主义"一类的呼声怎样激昂，我们的血温还是不曾增高的。 就我自己说，这三四年来简直因为常住北京的缘故，我竟于几乎完全忘却了这原来极想用力研究的问题，这北京生活是该咒诅的：它在无形中散布一种惰性的迷醉剂，使你早晚得受传染；使你不自觉的退入了"反革命"的死胡同里去。 新近有一个朋友来京，他一边羡慕我们的闲暇，一边却十分惊讶他几个旧友的改变：从青年改成暮年，从思想的勇猛改成生活的萎靡——他发见了一群已成和将成的"阉子"！

这所谓"智识阶级"的确有觉悟的迫要。 他们离国民的生活太远了，离社会问题的真际①太远了，离激荡思想的势力太远了。 本来单凭书本子的学问已够不完全，何况现在的智识阶级连翻书本子的工夫都捐给了太太小孩子们的起居痛痒！

又一个朋友新近到了苏俄也发生了极纯挚的反省：他在那边不发见什么恐怖与危机，他发见的是一团伟大勇猛的精神在那里伟大的勇猛的为全社会做事；他发见的是不容否认的理想主义与各项在实施中的理想；他发见的是一个有生命有力量的民族，他们所试验的事业即使不免有可议的地方，也决不是完全在醉生梦死中的中国人有丝毫的权利来批评的。 听着：决不是完全在醉生梦死中的中国人有丝毫的权利来批评的！

---

① 此处"真际"疑应为"实际"。

在篇首说到烟囱，原为要讲此次在南方一点子关于工厂的阅历，不想笔头又掉远了。说也奇怪，我可以说从不曾看过一个工厂，在国外"参观"过的当然有，但每回进工厂看的是建筑与机器等类的设备，往往因为领导人讲解得太详尽了，结果你什么也没有听到，没有看到。我从不曾进工厂去看过工人们做工的情形。这次却有了机会，而且在我的本乡；不但是本乡，而且是我自家父亲一手经营起的。我回硖石那天，我父亲就领了我去参观。那是一个丝厂，今年夏间才办成。屋子什么全是新的。工人有一百多，全是工头从绍兴包雇来的女人，有好多是带了孩子来的。机器间我先后去了三回，都是工作时间。我先说说大概情形，再及我的感想。房子造得极宽厂①，空气尽够流通的，约略一百多架"丝车"分成两行，相对的排着，女工们坐在丝车与热汤盆的中间，在机轧声中几百双手不住的抽着汤盆里泡着的丝茧，在每个汤盆的跟前站着一个自八九岁到十二三岁的女孩子，拿着杓子②向沸水里捞出已经抽尽丝的茧壳。就女工们的姿态及手技看，她们都是熟练的老手，神情也都闲暇自若，在我们走过的时候，有狠多抬起头带笑容的看着我们，这可见她们在工作时并不感受过分的难堪。那天是六月中旬，天气已经节节高向上加热，大约在荫凉处已够九十度光景，我们初进机器间因为两旁通风并不觉热，但走近中段就不同，走转身的时候我浑身汗透了，我说不定温度有多高，但因为外来的太阳光(第一次去看芦帘不曾做得，随后就有了。)与丝车的沸汤的夹攻，中间呆坐着做工人的滋味，你可以揣想。工人们汗流被面的固然多，但坦然的也尽有。据说这工作她们上八府人是一半身体坚实一半做惯了吃得起，要是本地人去，半天都办不了

---

① 宽厂：现通用为"宽敞"。
② 杓子：现通用为"勺子"。

的。 这话我信，因为我自谅我要是坐下去的话怕不消三四个钟头竟会昏了去的。 那些捞茧的女孩子们，十个里有九个是头面上长有热疮热痱的，这就可见一斑。

这班工人，前面说过，是工头包雇来的，厂里有宿舍给她们住，饭食也是厂里包的，除了放假日外，女工们是一例不准出门的。 夏天是五点半放头螺，六点上工十二时停工半小时吃饭十二时半再开工到下午六时放工，共计做十一时有半的工。 放假是一个月两天，初一与月半。 工资是按钟点算的，仿佛每工人可得四角五或是四角八大洋的工资，每月抛去①饭资每人可得净工资十元光景，厂里替她们办储蓄，有利息，这一层待遇情形据说比较的并不坏，一个女工到外府来做工每年年底可以捧一百多现洋钱回家，确是狠可自傲的了。

我说过这是我第一次看厂工做工。 看过了心里觉着一种难受。 那么大热的天在那么热的屋子里连着做将近十二小时的工！外面的帐房②计算给我们听，从买进生茧到卖出熟丝的层层周折，抛去开销，每包丝可以赚多少钱。 呒，马克斯的剩余价值论！ 这不是剥削工人们的劳力？我们是听惯八小时工作八小时眠八小时自由论的，这十一二小时的工作如何听得顺耳？ "那末这大热天何妨让工人们少做一点时间呢？"我代工人们求恳似的问。 "工人们那里肯？她们只是多做，不要少做；多做多赚钱，少做少赚钱。"我没得话说了。 "那末为什么不按星期放工呢？""她们连那两天都不愿意闲空哪！"我又没得话说了。 一群猪羊似的工人们关在牢狱似的厂房里拼了血汗替自己家里赚小钱，替出资本办厂的财主们赚大钱？这情形其实有点看不顺眼——难受。 "这大热天工人们不发病吗？"我又替她们担忧似的问。 "她们才叫牢靠哪，狠少病

---

① 抛去：现通用为"刨去"。
② 帐房：现通用为"账房"。

的；厂里也备了各种痧药，以后还请镇上一个西医每天来一半个钟头：厂里也够卫生的。""那末有这么许多孩子，何妨附近设一个学校，让她们有空认几个字也好不是？""这——我们不赞成；工人们识了字有了知识，就会什么罢工造反，那有什么好处！"我又没得话说了。

我真不知道怎样想才是，在一边看，这种的工作情形实在是太不人道，太近剥削；但换一边看，这多的工人，原来也许在乡间挨饿的，这来有了生计，多少可以赚一点钱回去养家，又不能完全说是没有好处；并且厂内另有选茧一类轻易的工作，的确也替本乡无业的妇女们开一条糊口过活的路。你要是去问工人们自己满意不满意，我敢说她们是不会（因为知识不到）出怨言的。那你这是白着急？可是我总觉得心上难受，异常的难受，仿佛自身作了什么亏心事似的。自从看了厂以后，我至今还不忘记那机器间的情形，尤其在南方天气最热的那几天，我到那儿那儿都惦着那一群每天得做十一二小时工作的可怜的生灵们！也许是我的感情作用；我在国外时也何尝不曾剧烈的同情劳工，但我从不曾经验过这样深刻的感念，我这才亲眼看到劳工的劳，这才看到一般人受生计逼迫无可奈何的实在，这才看到资本主义（在现在中国）是怎样一个必要的作孽，这才重新觉悟到我们社会生活问题有立即通盘筹画趁早设施的迫切。就治本说，发展实业是否只能听其自然的委给资产阶级，抑或国家和地方有集中经营的余地。就治标说，保护劳工法的种种条例有切实施行的必要，否则劳资间的冲突逃不了一天乱似一天的。总之乌托邦既然是不可能，澈底的生计革命又一时不可期待，单就社会的安宁以及维持人道起见，我们自命有头脑的少数人，赶快得起来尽一分的责任；自觉的努力，不论走那一个方向，总是生命力还在活动的表现，否则这醉生梦死的难道真的是死透了绝望了吗？

天目山中笔记

作者在一九二六年秋写下此文时的心态已无从考究,但是天目山与禅与佛之间的息息相关却显露出作者性灵的另一层面。

载一九二六年九月四日《晨报副刊》,署名志摩;初收一九二七年八月上海新月书店《巴黎的鳞爪》。采自《巴黎的鳞爪》。

佛于大众中　说我当作佛
闻如是法音　疑悔悉已除
初闻佛所说　心中大惊疑
将非魔所说　恼乱我心耶

　　　　　　　——《莲华经·譬喻品》

山中不定是清静。 庙宇在参天的大木中间藏着，早晚间有的是风，松有松声，竹有竹韵，鸣的禽，叫的虫子，阁上的大钟，殿上的木鱼，庙身的左边右边都安着接泉水的粗毛竹管，这就是天然的笙箫，时缓时急的参和①着天空地上种种的鸣籁。 静是不静的；但山中的声响，不论是泥土里的蚯蚓叫或是轿夫们深夜里"唱宝"的异调，自有一种各别处：它来得纯粹，来得清亮，来得透彻，冰水似的沁入你的脾肺；正如你在泉水里洗濯过后觉得清白些，这些山籁，虽则一样是音响，也分明有洗净的功能。

夜间这些清籁摇着你入梦，清早上你也从这些清籁的怀抱中苏醒。

山居是福，山上有楼住更是修得来的。 我们的楼窗开处是一片蓊葱的林海；林海外更有云海！日的光，月的光，星的光：全是你的。从这三尺方的窗户你接受自然的变幻；从这三尺方的窗户你散放你情感的变幻。 自在；满足。

今早梦回时睁眼见满帐的霞光。 鸟雀们在赞美；我也加入一份。它们的是清越的歌唱，我的是潜深一度的沉默。

钟楼中飞下一声宏钟②，空山在音波的磅礴中震荡。 这一声钟激起了我的思潮。 不，潮字太夸；说思流罢。 耶教人说阿门，印度教人说"欧姆"（O—m），与这钟声的嗡嗡，同是从撮口外摄到阖口内包的一个无限的波动：分明是外扩，却又是内潜；一切在它的周缘，却又在它的中心：同时是皮又是核，是轴亦复是廓。 这伟大奥妙的"Om"使人感到动，又感到静；从静中见动，又从动中见静。 从安住到飞翔，又从飞翔回复安住；从实在境界超入妙空，又从妙空化生实在：——

----

① 参和：现通用为"掺和"。
② 宏钟：现通用为"洪钟"。

"闻佛柔软音，深远甚微妙。"

多奇异的力量！多奥妙的启示！包容一切冲突性的现象，扩大霎那间的视域，这单纯的音响，于我是一种智灵的洗净。花开，花落，天外的流星与田畦间的飞萤，上绾云天的青松，下临绝海的巉岩，男女的爱，珠宝的光，火山的溶液①：一如婴儿在它②的摇篮中安眠。

这山上的钟声是昼夜不间歇的，平均五分钟打一次。打钟的和尚独自在钟楼上住着，据说他已经不间歇的打了十一年钟，他的愿心是打到他不能动弹的那天。钟楼上供着菩萨，打钟人在大钟的一边安着他的"座"，他每晚是坐着安神的，一只手挽着钟棰③的一头，从长期的习惯，不叫睡眠耽误他的职司。"这和尚，"我自忖，"一定是有道理的！和尚是没道理的多：方才那知客僧想把七窍蒙充六根，怎么算总多了一个鼻孔或是耳孔；那方丈师的谈吐里不少某督军与某省长的点缀；那管半山亭的和尚更是贪嗔的化身，无端摔破了两个无辜的茶碗。但这打钟和尚，他一定不是庸流不能不去看看！"他的年岁在五十开外，出家有二十几年，这钟楼，不错，是他管的，这钟是他打的（说着他就过去撞了一下），他每晚，也不错，是坐着安神的，但此外，可怜，我的俗眼竟看不出什么异样。他拂拭着神龛，神座，拜垫，换上香烛，掇一盂水，洗一把青菜，捻一把米，擦干了手接受香客的布施，又转身去撞一声钟。他脸上看不出修行的清癯，却没有失眠的倦态，倒是满满的不时有笑容的展露；念什么经；不，就念阿弥陀佛，他竟许是不认识字的。"那一带是什么山，叫什么，和尚？""这里是天目山。"他说。"我知道，我说的是那一带的。"我手点

---

① 溶液：现通用为"熔液"。
② 此处疑为作者的笔误，"它"字改为"他"。
③ 钟棰：现通用为"钟槌"。

着问。"我不知道。"他回答。

　　山上另有一个和尚，他住在更上去昭明太子读书台的旧址，盖着几间屋，供着佛像，也归庙管的，叫作茅棚。但这不比得普渡山上的真茅棚，那看了怕人的，坐着或是偎着修行的和尚没一个不是鹄形鸠面，鬼似的东西。他们不开口的多，你爱布施什么就放在他跟前的箩子或是盘子里，他们怎么也不睁眼，不出声，随你给的是金条或是铁条。人说得更奇了。有的半年没有吃过东西，不曾挪过窝，可还是没有死，就这冥冥的坐着。他们大约离成佛不远了，单看他们的脸色，就比石片泥土不差什么，一样这黑刺刺，死僵僵的。"内中有几个，"香客们说，"已经成了活佛，我们的祖母早三十年来就看见他们这样坐着的！"

　　但天目山的茅棚以及茅棚里的和尚，却没有那样的浪漫出奇。茅棚是尽够蔽风雨的屋子，修道的也是活鲜鲜的人，虽则他并不因此减却他给我们的趣味。他是一个高身材，黑面目，行动迟缓的中年人；他出家将近十年，三年前坐过禅关，现在这山上茅棚里来修行；他在俗家时是个商人，家中有父母兄弟姊妹，也许还有自身的妻子；他不曾明说他中年出家的缘由，他只说"俗业太重了，还是出家从佛的好"，但从他沉着的语音与持重的神态中可以觉出他不仅是曾经在人事上受过磨折，并且是在思想上能分清黑白的人。他的口，他的眼，都泄漏着他内里强自抑制，魔与佛交斗的痕迹；说他是放过火杀过人的忏悔者，可信；说他是个回头的浪子，也可信。他不比那钟楼上人的不着颜色，不露曲折：他分明是色的世界里逃来的一个囚犯。三年的禅关，三年的草棚，还不曾压倒，不曾灭净，他肉身的烈火。"俗业太重了，不如出家从佛的好"；这话里岂不颤栗着一往忏悔的深心？我觉着好奇；我怎么能得知他深夜跌坐时意念的究竟？

佛于大众中　说我当作佛
闻如是法音　疑悔悉已除
初闻佛所说　心中大惊疑
将非魔所说　恼乱我心耶

　　但这也许看太奥了。我们承受西洋人生观洗礼的，容易把做人看太积极，入世的要求太猛烈，太不肯退让，把住这热虎虎的一个身子一个心放进生活的轧床去，不叫他留存半点汁水回去；非到山穷水尽的时候，决不肯认输，退后，收下旗帜；并且即使承认了绝望的表示，他往往直接向生存本体作取决，不来半不阑珊的收回了步子向后退：宁可自杀，甘脆的生命的断绝，不来出家，那是生命的否认。不错，西洋人也有出家做和尚做尼姑的，例如亚佩腊与爱洛绮丝，但在他们是情感方面的转变，原来对人的爱移作对上帝的爱，这知感的自体与它的活动依旧不含糊的在着；在东方人，这出家是求情感的消灭，皈依佛法或道法，目的在自我一切痕迹的解脱。再说，这出家或出世的观念的老家，是印度不是中国，是跟着佛教来的；印度何以曾发生这类思想，学者们自有种种哲理上乃至物理上的解释，也尽有趣味的。中国何以能容留这类思想，并且在实际上出家做尼僧的今天不比以前少（我新近一个朋友差一点做了小和尚！），这问题正值得研究，因为这分明不仅仅是个知识乃至意识的浅深问题，也许这情形尽有极有趣味的解释的可能，我见闻浅，不知道我们的学者怎样想法，我愿意领教。

十五年九月

年终便话

一九二七年,由于政治形势的种种原因,新月社的多数成员迁居上海,徐志摩积极奔走,与胡适、邵洵美等筹办新月书店。之后,他接连在几所大学任教,勉强支撑自己与陆小曼的生活。

约一九二七年底作;载一九二八年一月一日《申报》;采自《申报》,标点依原报,未改。

一

这年头你再不用想有什么事儿如意。 往东东有累坠①。 往西西有别纽②。 眼见的耳闻的满没有让你宽心的事。 屋子外面缺少光亮。

————————

① 累坠:现通用为"累赘"。
② 别纽:现通用为"别扭"。

回家来更显得暗惨。　出门去道儿不平顺。　自个儿坐在空房里转念头时。　满脑子也只是怕人的鬼影。　大事儿是一片糊。　小零星也不得干净。　想找人诉诉苦。　来人的脸子绷得比你的更长。　你笑人家不认得真珠。　你自己用锦匣儿装着的也全是机器的出品。　什么都走岔了道。　什么都长豁了样。　这年头。　这年头。

　　一年容易。　又到了尽头。　回头望望。　就只烟雾似的一片。　希望、理想一好词儿。　希望早给劈碎了当柴烧。　在这小火上面慢慢的烤糊了理想。　烤糊了的栗子。　烤糊了的白薯。　捏上手全是灰。　还热着哪。　再别高谈什么人生。　生活就比是小孩们在地上用绳子抽着直转的地龙。　东一歪西一跛的。　嗡嗡的扁着小嗓子且唱。

　　又来了一个冬至。　冷飕飕的空气。　草尖上挑着稀松的霜。　黑夜赖着不肯走。　好时候！我想到一个僻静的教堂里去。　听穿白长袍的孩子们唱赞美诗。　看二尺来高的白蜡一寸寸的往下矮。　你想。　不错。　你是这么想来着。　我可想独自关在屋子里抒写一半行从性灵暖处来的诗句。　暖暖的。　像打伤了小鸟的前胸的羽毛。　跳着的。　你想。　不错。　你是这么想来着。　然又想……得。　你想开了罢。　这年头那容你有一件事儿。　顶小顶轻松的事儿。　如意称心。

二

　　可是尽说这冷落丧气话也不公平。　冷急了自然只能拿希望劈成小柴生火。　可是在这小火上面许还有些没有完全烤糊的理想。　前天在无意中检着了一个！田寿昌上回看他自己的戏叫人家演糊了的时候，他急得直跳腿。　脸上爆着粗汗。　说比死还难过。　他说他里面有火。　一时可透不出焰来。　这回他的火吐了焰了。　鱼龙会那几个小戏是值得赞美的。　虽则我只见着了一个半多些。　我满想腾出一晚去看他的戏。　可偏是这鬼忙。　错了一天又是一天。　前天下午。　有一点钟的闲。 就拉着小曼去看鱼龙，进门就听得老婆子的悲声。 湖南口音的。 那一间小屋子格①着戏座的先叫我欢喜。 台上的光也匀得好。我们一大群人成天嚷着要办小剧院。 就知道抱怨世界上缺少慷慨的富翁来替我们化钱。 却从不曾想到普通一间客厅就够我们试验。 只要你精神饱满。 什么莫利哀，莎士比亚，席勒。 都不来嫌你简陋。 鱼龙会的精神是一团不懈的精神。 不铺张。 不浮夸。 不草率。 小屋子里盛满了认真的兴会与努力。 这是难得有的。

地方紧凑有种种好处。 第一演戏的不感著拘束。 他们可以放心说他们做他们的。 说坏了做坏了都没有多大关系。 这不矜持在演剧的成功上是一个大原则。 第二地方小容易造成一种暖和的空气。 在这里面谁都不觉得生分。 谁都觉着舒泰。 台上与台下间自会发生一种密切。 台上容易讨好。 台下容易见情。 仿佛彼此是一家子。 谁也不用防谁。 这多有意思。 第三是小场所可以完全动员看戏人的注意。 教育的一个意义，是教人集中注意。 我们平常读书听话乃至看戏狠难得专心一意的。 我们平常收受经验评判经验的不是我们纯粹的性灵。 在我们意识最上层浮着的往往只是种种的偏见与成见。 像水面上的浮腻。 这里面永远反映不出清晰的形象来。 普通商业性质的戏院子②。 都是太大太空廓太嘈杂太散漫。 因此观众的"灵窍"什么也不能自然的完全的开着。 小剧场正合式③。 正为是小，它的同化的力量却反而大。 因此往往在大舞台上不怎样成功的作品。 在小剧场里却收成了最大的效果。 反之小剧场的成功上舞台去不准成。 这关键就在小台上的动作神情说话，台上全认得真听得清，又不费演员的劲。

三

话似乎说远了。 鱼龙会的戏我只见了《爸爸回来了》、《苏州夜

---

① 格：现通用为"隔"。
② 戏院子：现通用为"戏园子"。
③ 合式：现通用为"合适"。

话》。 据说还不是顶好的。 《爸爸回来了》这戏编得并不好。 演来也尽有可商量的地方。 但这戏没有做完。 小曼和我同去的朋友们都变成了泪人儿。 听说有一天外客来看的只有一个！ 一个厨子。 他的东家化钱买了券。 叫他来看的。 他不知看了那一个戏竟哭得把他完全油渍过的短袄又加一次泪渍。 他站起来就跑。 旁人留他再看。 他说实在伤心得再也受不住了。 这可见田先生的戏至少已经得到了眼泪的成功。 戏的大致是一个酒徒兼色鬼的为了一个不相干的女人丢了家。 抛下他的妻和三个小孩。 最大的八岁。 家私是早给他荡尽了的。 他的女人一着急。 就带了她的孩子投河寻死去。 又没有死成。那大孩子倒有志气。 吃了无穷的苦居然挣起了一份家养他的母亲。并且还帮助他的弟妹上学。 这年他已经二十三了。 爸爸回来了。 甘脆一个要饭的。 他穷得没路走又回来了。 他的妻子没有心肠再责备他。 他的两个小儿女也觉得爸爸怪可怜的。 但大儿子可不答应。 他简直的不认。 如其认。 不认他父亲。 认他是仇人。 他弟弟他妈都想留下那化子。 他一人不答应。 爸爸没法子只得又走了。 小儿子跟了去。 幕落在他妹子过来伏在他身上哭着叫哥哥。 那父亲临走时几声"还是去吧"。 声音极悲惨。 看的人哭是哭了。 对戏可有批评。他们都觉得儿子总不该这样的对付老子。 他已经流落到快死的地步。他们说国贤的见解是危险性的。 他的意思是负责任的父母才是父母。放弃责任同时就放弃权利。 他父亲既然有这狠心丢下他的妻儿。 做儿子的也正该回敬这狠心。 不收容一个濒死的父亲。 这是一个伦理问题。 也不是没有趣味的。 正如早年在易卜生的戏里挪拉该不该抛弃家庭丈夫儿女是引起议论的一个问题。 但现在姑且不谈。 我倒是新近听到一件实事。 颇使人觉着愤慨的。 想在此附带说了。

子女对父母负有孝养的责任。 因为父母对子女先尽了抚育的责任。 这是相对的。 子女对尽责的父母不尽孝或是父母虐待尽责的子女。 一样是理性上人情上说不过去的。 但已往法律。 似乎只承认父母有告子女忤逆的权利。 子女却不能告父母不尽责。 换句话说。 社会的制裁只能干涉到子女。 却不能干涉到父母。 因为旧伦理学的假定是"天下无不是之父母"。 君要臣死。 臣就得死。 再没有话说。但父母却不能随便处死子女。 孔子说"小杖则受。 大杖则走"。 这"走"字是可寻味的。 这是说父母到了发毒的时候。 子女就该自己打主意。 但孔子却不曾说。 "大杖则社会得干涉之"。

关于这一点。 这时代不同的地方。 就在这一句话。 子女对父母或父母对子女关系。 已经绝对转成相对。 社会的力量。 可以干涉子女。同时也可以干涉父母。 这样说来。 爸爸回来了。 那戏里的国贤的见解并不是不合理的。 虽则他如其能更进一层宽恕他父亲。 因于骨肉的感情。 或是因为人道的动机。 我们对于那戏同情许可以更深些。 现在如其有某父或母非分的虐待他的子女因而致死。 这父或母是否对社会对法律负有一种责任。 同时法律和社会在发见有这类事实时是否负有援助或申雪的责任。 尤其是当这被虐者有特种天才对社会能有特别贡献的时候。 社会是否更应得执行它干涉的责任。 前几天上海死了一个有名的女伶。 她虽则是病死。 但她的得病却是为了不自然的由来。 她是极活泼玲俐①的一个孩子。 在北方。 在上海都博到极好的名气。 替她家也赚了不少的钱。 她是她妈亲自教出来的。 她妈的教法。 完全是科班的教法。 科班的残暴无人道的内幕我们多少知道。 但我们却不易相信一个母亲会得非分的虐待她亲生的一个有天才的孩子。

现在人已死了。 事情也过去了。 她的妈如其还有一点子人性，也应得追悔她的恶毒。 我在这里说起是为在伶界里正受著同类遭遇的孩子正不知有多少。 为防止此后的悲惨起见。 我想社会方面相当的表示正许是必要的。 这灰色的人生里。 正不知包容着多少悲惨的内幕。 人们只是看不见。 但有文化的社会是不应得容许这种黑暗的。我们不能因为"看不见"就解卸我们的责任。

---

① 玲俐: 现通用为"伶俐"。

《新月》的态度

一九二八年徐志摩主编的《新月》月刊正式创刊,此文被认为是"新月派"的宣言。

载一九二八年三月十日《新月》月刊第一卷第一号,未署名;初收一九六九年台湾传记文学出版社《徐志摩全集》第六辑。采自《新月》。

And God said, Let there be light: and there was light. —The Genesis①

If winter comes, can Spring be far behind? —Shelley②

---

① 神说,要有光:就有了光。——《创世记》。
② 冬天来了,春天还会远吗? ——雪莱。

我们这月刊题名《新月》，不是因为曾经有过什么"新月社"，那早已散消，也不是因为有"新月书店"，那是单独一种营业，它和本刊的关系只是担任印刷与发行。《新月》月刊是独立的。

我们舍不得新月这名子，因为它虽则不是一个怎样强有力的象征，但它那纤弱的一弯分明暗示著，怀抱著未来的圆满。

我们这几个朋友，没有什么组织除了这月刊本身，没有什么结合除了在文艺和学术上的努力，没有什么一致除了几个共同的理想。

凭这点集合的力量，我们希望为这时代的思想增加一些体魄，为这时代的生命添厚一些光辉。

但不幸我们正逢著一个荒歉的年头，收成的希望是枉然的。这又是个混乱的年头，一切价值的标准，是颠倒了的。

要寻出荒歉的原因并且给它一个适当的补救，要收拾一个曾经大恐慌蹂躏过的市场，再进一步要扫除一切恶魔的势力，为要重见天日的清明，要浚治活力的来源，为要解放不可制止的创造的活动——这项巨大的事业当然不是少数人，尤其不是我们这少数人所敢妄想完全担当的。

但我们自分还是有我们可做的一部分的事。连著别的事情我们想贡献一个谦卑的态度。这态度，就正面说，有它特别侧重的地方，就反面说，也有它郑重矜持的地方。

先说我们这态度所不容的。我们不妨把思想(广义的，现代刊物的内容的一个简称。)比作一个市场，我们来看看现代我们这市场上看得见的是些什么？如同在别的市场上，这思想的市场上也是摆满了摊子，开满了店铺，挂满了招牌，扯满了旗号，贴满了广告，这一眼看去辨认得清的至少有十来种行业，各有各的色彩，各有各的引诱，我们把它们列举起来看看：——

一　感伤派

二　颓废派

三　唯美派

四　功利派

五　训世派

六　攻击派

七　偏激派

八　纤巧派

九　淫秽派

十　热狂派

十一　稗贩派

十二　标语派

十三　主义派

商业上有自由，不错。思想上言论上更应得有充分的自由，不错。但得在相当的条件下。最主要的两个条件是(一)不妨害健康的原则。(二)不折辱尊严的原则。买卖毒药，买卖身体，是应得受干涉的，因为这类的买卖直接违反康健与尊严两个原则。同时这些非法的或不正当的营业还是一样在现代的大都会里公然的进行——鸦片，毒药，淫业，那一宗不是利市三倍的好买卖？但我们却不能因它们的存在就说它们不是不正当而默许它们存在的特权。在这类的买卖上我们不能应用商业自由的原则。我们正应得觉到切肤的羞恶，眼见这些危害性的下流的买卖公然在我们所存在的社会里占有它们现有的地位。

同时在思想的市场上我们也看到种种非常的行业，例如上面列举的许多门类。我们不说这些全是些"不正当"的行业，但我们不能不说这里面有狠多是与我们所标举的两大原则——健康与尊严——不相容的。我们敢说这现象是新来的，因为连著别的东西思想自由这观念本身就是新来的。这也是个反动的现象，因此，我们敢说，或许是暂时的。先前我们在思想上是绝对没有自由，结果是奴性的沈默；现在，我们在思想上是有了绝对的自由，结果是无政府的凌乱。思想的花式加多本来不是件坏事，在一个活力旁薄①的文化社会里往往看得到，偎傍著刚直的本干，普盖的青荫，不少盘错的旁枝，以及恣蔓的藤萝。那本不关事，但现代的可忧正是为了一个颠倒的情形。盘错的，恣蔓的尽有，这里那里都是的，却不见了那刚直的与普盖的。这就比是一个商业社会上不见了正宗的企业，却只有种种不正当的营业盘据著整个的市场，那不成了笑话？

即如我们上面随笔写下的所谓现代思想或言论市场的十多种行业，除了"攻击"，"纤巧"，"淫秽"诸宗是人类不怎样上流的根性得到了自由（放纵）当然的发展，此外多少是由外国转运来的投机事业。我们不说这时代就没有认真做买卖的人，我们指摘的是这些买卖本身的可疑。碍著一个迷误的自由的观念，顾著一个容忍的美名，我们往往忘却思想是一个园地，它的美观是靠著我们随时的种植与铲除，又是一股水流，它的无限的效用有时可以转变成不可收拾的奇灾。

我们不敢附和唯美与颓废，因为我们不甘愿牺牲人生的阔大，为要雕镂一只金镶玉嵌的酒杯。美我们是尊重而且爱好的，但与其咀嚼罪恶的美艳还不如省念德性②的永恒，与其到海陀罗凹腔里去收集珊瑚色的妙乐还不如置身在扰攘的人间倾听人道那幽静的悲凉的清商。

我们不敢赞许伤感与热狂因为我们相信感情不经理性的清滤是一注恶浊的乱泉，它那无方向的激射至少是一种精力的耗废③。我们未

---

① 旁薄：现通用为"磅礴"。
② 德性：现通用为"德行"。
③ 耗废：现通用为"耗费"。

尝不知道放火是一桩新鲜的玩艺，但我们却不忍为一时的快意造成不可救济的惨象。 "狂风暴雨"有时是要来的，但狂风暴雨是不可终朝的。 我们愿意在更平静的时刻中提防天时的诡变，不愿意借口风雨的猖狂放弃清风白日的希冀。 我们当然不反对解放情感，但在这头骏悍的野马的身背上我们不能不谨慎的安上理性的鞍索。

我们不崇拜任何的偏激因为我们相信社会的纪纲是靠著积极的情感来维系的，在一个常态社会的天平上，情爱的分量一定超过仇恨的分量，互助的精神一定超过互害与互杀的动机。 我们不意愿套上著色眼镜来武断宇宙的光景。 我们希望看一个真，看一个正。

我们不能归附功利因为我们不信任价格可以混淆价直①，物质可以替代精神，在这一切商业化恶浊化的急坂上我们要留住我们倾颠的脚步。 我们不能依傍训世，因为我们不信现成的道德观念可以用作评价的准则，我们不能听任思想的矫健僵化成冬烘的臃肿。 标准，纪律，规范，不能没有，但每一个时代都得独立去发见它的需要，维护它的健康与尊严，思想的懒惰是一切准则颠覆的主要的根由。

末了还有标语与主义。 这是一条天上安琪儿们怕践足的蹊径。可怜这些时间与空间，那一间不叫标语与主义的芒刺给扎一个鲜艳。我们的眼是迷眩了的，我们的耳是震聋了的，我们的头脑是闹翻了的，辨认已是难事，评判更是不易。 我们不否认这些殷勤的叫卖与斑斓的招贴中尽有耐人寻味的去处，尽有诱惑的迷宫。 因此我们更不能不审慎，我们更不能不磨厉②我们的理智，那剖解一切纠纷的锋刃，澄清我们的感觉，那辨别真伪和虚实的本能，放胆到这嘈杂的市场上去做一番审查和整理的工作。 我们当然不敢预约我们的成绩，同时我们

---

① 价直：现通用为"价值"。
② 磨厉：现通用为"磨砺"。

不踌躇预告我们的愿望。

这混杂的现象是不能容许它继续存在的，如其我们文化的前途还留有一线的希望。 这现象是不能继续存在的，如其我们这民族的活力还不曾消竭到完全无望的地步。 因为我们认定了这时代是变态，是病态，不是常态。 是病就有治。 绝望不是治法。 我们不能绝望。 我们在绝望的边缘搜求着希望的根芽。

严重是这时代的变态。 除了盘错的，恣蔓的寄生，那是遍地都看得见，几于这思想的田园内更不见生命的消息。 梦人们妄想着花草的鲜明与林木的葱茏。 但他们有什么根据除了飘渺的记忆与想像？

但记忆与想像！这就是一个灿烂的将来的根芽！悲惨是那个民族，它回头望不见一个庄严的已往。 那个民族不是我们。 该得灭亡是那个民族，它的眼前没有一个异象的展开。 那个民族也不应得是我们。

我们对我们光明的过去负有创造一个伟大的将来的使命；对光明的未来又负有结束这黑暗的现在的责任。 我们第一要提醒这个使命与责任。 我们前面说起过人生的尊严与健康。 在我们不曾发见更简赅的信仰的象征，我们要充分的发挥这一双伟大的原则——尊严与健康。 尊严，它的声音可以唤回在歧路上彷徨的人生。 健康，它的力量可以消灭一切侵蚀思想与生活的病菌。

我们要把人生看作一个整的。 支离的，偏激的看法，不论怎样的巧妙，怎样的生动，不是我们的看法。 我们要走大路。 我们要走正路。 我们要从根本上做工夫。 我们只求平庸，不出奇。

我们相信一部纯正的思想是人生改造的第一个需要。 纯正的思想是活泼的新鲜的血球，它的力量可以抵抗，可以克胜，可以消灭一切致病的微菌。 纯正的思想，是我们自身活力得到解放以后自然的产物，不是租借来的零星的工具，也不是稗贩来的琐碎的技术。 我们先求解放我们的活力。

我们说解放因为我们不怀疑活力的来源。 淤塞是有的，但还不是枯竭。 这些浮荇，这些绿腻，这些潦泥，这些腐生的蝇蚋——可怜的清泉，它即使有奔放的雄心，也不易透出这些寄生的重围。 但它是在著，没有死。 你只须拨开一些污潦就可以发见它还是在那里汩汩的溢出，在可爱的泉眼里，一颗颗珍珠似的急溜著。 这正是我们工作的机会。 爬梳这壅塞，粪除这秽浊，浚理这瘀积①，消灭这腐化；开深这潜水的池潭，解放这江湖的来源。 信心，忍耐。 谁说这"一举手一投足"的勤劳不是一件伟大事业的开端，谁说这涓涓的细流不是一个壮丽的大河流域的先声？

要从恶浊的底里解放圣洁的泉源，要从时代的破烂里规复人生的尊严——这是我们的志愿。 成见不是我们的，我们先不问风是在那一个方向吹。 功利也不是我们的，我们不计较稻穗的饱满是在那一天。无常是造物的喜怒，茫昧是生物的前途，临到"闭幕"的那俄顷，更不分凡夫与英雄，痴愚与圣贤，谁都得撒手，谁都得走；但在那最后的黑暗还不曾覆盖一切以前，我们还不一样的得认真来扮演我们的名分？生命从它的核心里供给我们信仰，供给我们忍耐与勇敢。 为此我们方能在黑暗中不害怕，在失败中不颓丧，在痛苦中不绝望。 生命是一切理想的根源，它那无限而有规律的创造性给我们在心灵的活动上一个强大的灵感。 它不仅暗示我们，逼迫我们，永远望②创造的，生命的方向走，它并且启示给我们的想像，物体的死只是生的一个节目，不是结束，它的威吓只是一个谎骗，我们最高的努力的目标是与生命本体同绵延的，是超过死线的，是与天外的群星相感召的。 为

---

① 瘀积：现通用为"淤积"。
② 望：现通用为"往"。

此，虽则生命的势力有时不免比较的消歇，到了相当的时候，人们不能不醒起。 我们不能不醒起，不能不奋争，尤其在人生的尊严与健康横受凌辱与侵袭的时日！来罢，那天边白隐隐的一线，还不是这时代的"创造的理想主义"的高潮的前驱？来罢，我们想像中曙光似的闪动，还不是生命的又一个阳光充满的清朝的预告？

富士（东游记之一）

一九二八年夏，徐志摩因不满陆小曼的生活作风而出国旅游，最先到达的国家就是日本。

约一九二八年作，初刊何处不详；收入一九三一年中华书局《华胥社文艺论集》。

富士山——有多高？一万二还是一万三千尺。不管它，反正是高得狠。我们要知道的是他们那里有一座高山，不，一个富士。

富士山，它的顶颠永远承受着太平洋轻涛的朝拜，是在日本的东海滨昂昂的站着。别的山峰，虽则有，在它的近旁都比成了培塿。白的，呼吸抵触着天的，富士它昂昂的站着。

更重要的一点是它也在日本人的想像中站着。 武士们就义的俄顷，他们迸血泪壮呼一声"富士"。 皇太子登基的时候，他也望得见富士终古的睥睨。 横滨小海湾里在月夜捕鱼的渔夫，赤着两条毛腿的；箱根乡间的小女娃一清早拖上了木屐到露水田里采新豆去；从神户或大阪到东京的急行车上开车的火夫，他在天亮时睁着倦眼抄了煤块向火焰里泼的时候——他们，不说穿洋袜子甚而洋靴子的绅士们或文士们，他们猛一眼都瞅见了富士。 富士永远瞅着他们哪，他们想。

有富士永远的站着，为他们站着，他们再也不胆寒。 太阳光，地土的生长力，太平洋的波澜，山溪间倒映在水里的杜鹃——全是他们的，他们欣欣的努力的作事，有富士看着他们，像一个有威严而又慈爱的老祖父。

他们再也不胆寒。 地不妨震，海不妨啸，山不妨吐火；地不妨陷，房屋不妨崩裂，船不妨颠覆，人不妨死——他们还是不害怕，他们的一颗心全都寄存在富士宽大的火焰纯青的内肚里。 泥鳅有时跳，巨鳌有时摇，他们的信心是永远付托在朝阳中的富士的雪意里。

"富士，富士……"他们一代继承一代的讴歌着。 拖着木屐，拍着掌，越翻越激昂，越转越兴奋，他们唱和着富士的诗篇。

他们不胆寒，因为他们知道地震是更大的生命在爆裂中的消息。何况这动也许是富士自身忍俊不住欢畅的颠播①！富士从他伟大的破坏中指示一个更伟大的建设。 看他们那收拾灾后一切的手腕里的劲！递给我，那根烧焦的烂木；我来扒去那一堆的破瓦，那两个尸体，三郎，你去掩埋；有火子不，我要点一根烟？

这是他们的大产业，他们的幸福——这想像中永远有一座山。 印度人也有同样的幸福；他们有他们的喜马拉雅。 这使他们不仅认识高

---

① 颠播：现通用为"颠簸"。

远，认识玄妙；他们因此认识"无穷"与"无尽"。 "来呀"，苍凉的雪山们似乎在笑响中向他们叫着：为要带着他们飞去无穷尽的空闲，投入不生不灭的世界。 "我从来不曾，一个陌生人"，凯萨林伯爵在喜马拉雅山里说，"我从不曾感觉到有这样的翅膀安上我的灵魂。"他感觉到的是一种不可言传的"神灵的自由"。 这是不可以言传的。

但我们自己家里何尝没有山。 崑苍①不是吗？五岳不是吗？还有匡庐，黄山，罗浮，雁荡，这何尝不是伟大的壮美的山岭？不错，但也许正因为我们有的太多了，我们的注意不能集中。 正如一个人同时不能热烈爱两个人，或虔诚的容纳两个上帝，一个民族意识里也不能容留比一个更多的象征。 多是有，也并不是不能并存，正如一个人尽有同时爱不少人的，但这力道可是变样了——程度的差异太大了，似乎性质都是不同的了。 你我早晚间出门去在云端里望不见崑苍；你我的想像里也没有一个比上富士的，像一个伟丈夫，昂昂的站着。 你我在大部的中国，不幸眼见得到的，意想得到的，至多只是些伟大的培塿，它们那内肚里既没有火与力，也不包藏神秘与幽玄，那有什么用？怪得我们中间最显著的人物，至多也只是些伟大的培塿。 实在是想像造成的。

我看了富士山两眼。 一次是在火车上。 正坐在餐车里吃早点，侍者拿一盘牛排一杯咖啡给我。 我用食巾擦着玻璃窗上的蒸气为要看窗外的野景。 天正蒙亮。 田里农夫已有在工作的。 他们的小巧的锄头铮铮的在泥土里翻垦。 有的蹲在地里——检败草想是。 太阳没有起，空中有迷露。 隐隐的，隔着烟云的空间，在近处或远处的山脚下，树林间，

_____

① 崑苍：现通用为"昆仑"。

传来有鸟的喧呼。 长在水田里的青绿，一方方的，长在仟佰①间的丛树，一行行的，全都透着半清醒半矇眬的意态，鲜露增添它们的妩媚。田舍是像玲巧②的玩具，或是东方画上兰竹丛中的点缀：几叠青杉，几株毛竹，疏淡的花叶间有稀小的人形在伛偻的操作。

多闲适的一长卷春晓图！我贪看着窗外的景色却不提防在凉雾中升起的一轮旭日已然放光，焰然照出半空里一座积雪的山颠③。 凌空的，像一个老人的斑白头颅，像一座海上的冰山，在蜂涌的云气中莽苍的浮着。 "富士！" "富士！" "那就是富士！"同座人惊喜的指点着叫。

车似乎是绕着富士山走，正如度西伯利亚时车绕着贝加尔湖走。一个崇高的异象在朝霞中俄然的擎起。 在不到一炊时间，山腰里层封着的白雾渐次的消散：消散成缕缕的断片，游龙似的，飞入无际的晴空。 富士已经整个的显露在你的当前。 田里的农夫们有支着锄头在休憩的。 天大亮了。

船开出横滨，扶桑的海滨在回望中细成一发时，富士的睥睨还久久的在西天云空里闪亮。 我又望了它一眼。

---

① 仟佰：现通用为"阡陌"。
② 玲巧：现通用为"灵巧"。
③ 山颠：现通用为"山巅"。

关于女子——苏州女中讲稿

一九二八年十二月,徐志摩在苏州女中演讲,题目为《关于女子——在苏州女子中学讲演稿》。

一九二八年十二月十五日作,十七日讲;载一九二九年十月《新月》月刊第二卷第八期;初收一九六九年台湾传记文学出版社《徐志摩全集》第五辑。采自《新月》。

苏州!谁能想像第二个地名有同样清脆的声音,能唤起同样美丽的联想,除是南欧的威尼市或翡冷翠,那是远在异邦,要不然我们就得追想到六朝时代的金陵广陵或许可以仿佛?当然不是杭州,虽则苏杭是常常联着说到的;杭州即使有几分美秀,不幸都教山水给占了去,更不幸就那一点儿也成了问题:你们不听说雷峰塔已经教什么国术大力士给打个粉碎，西湖的一汪水也教大什么会的电灯给照干了吗？不，不是杭州；说到杭州我们不由的觉得舌尖上有些儿发锈。 所以只剩了一个苏州准许我们放胆的说出口，放心的拿上手。 比是乐器中的笙箫，有的是袅袅的余韵。 比是青青的柏子，有的是沁人心脾的留香。 在这里，不比别的地处，人与地是相对无愧的，是交相辉映的；寒山寺的钟声与吴侬的软语一般的令人神往；虎丘的衰草与玄妙观的香烟同样的勾人留恋。

但是苏州——说也惭愧，我这还是第二次到，初次来时只匆匆的过了一宵，带走的只有采芝斋的几罐糖果和一些模糊的影像。 就这次来也不得容易。 要不是陈淑先生相请的殷勤。 ——聪明的陈淑先生，她知道一个诗人的软弱，她来信只淡淡的说你再不来时天平山经霜的枫叶都要凋谢了——要不是她的相请的殷勤，我说，我真不知道几时才得偷闲到此地来，虽则我这半年来因为往返沪宁间每星期得经过两次，每星期都得感到可望而不可即的惆怅。 为再到苏州来我得感谢她。 但陈先生的来信却不单单提到天平山的霜枫，她的下文是我这半月来的忧愁：她要我来说话——到苏州来向女同学们说话！我如何能不忧愁？当然不是愁见诸位同学，我愁的是我现在这相儿，一个人孤伶伶的站在台上说话！我们这坐惯冷板凳日常说废话的所谓教授们最厌烦的，不瞒诸位说，就是我们自己这无可奈何的职务——说话（我再不敢说讲演，那样粗蠢的字样在苏州地方是说不出口的）。

就说谈话吧，再让一步，说随便谈话吧，我不能想像更使人窘的事情！要你说话，可不指定要你说什么，"随便说些什么都行"，那天陈先生在电话里说。 你拿艳丽的朝阳给一只芙蓉或是一只百灵，它就对你说一番极美丽动听的话；即使它说过了你冒失的恭维它说你这"讲演"真不错，它也不会生气，也不会惭愧，但不幸我不是芙蓉更不是百灵。 我们乡里有一句俗话说宁愿听苏州人吵架，不愿听杭州人谈话。 我的家乡又不幸是在浙江, 距着杭州近, 离着苏州远的地处。 随便说话, 随你说什么, 果然我依了陈先生扯上我的乡谈, 恐怕要不到三分钟你们都得想念你们房间里备着的八卦丹或是别的止头痛的药片了!

但陈先生非得逼我到, 逼我献丑, 写了信不够, 还亲自到上海来邀。 我不能不答应来。 "但我去说什么呢, 苏州, 又是女同学?" 那天我放下陈先生的电话心头就开始踌躇。 不要忙, 我是安慰我自己说, 在上海不得空闲, 到南京有一个下午可以想一想。 那天在车上倒是有福气看到镇江以西, 尤其是栖霞山一带的雪叶。 虽则那早上是雾茫茫的, 但雪总是好东西, 它盖住地面的不平和丑陋, 它也开拓你心头更清凉的境界, 山变成了银山, 树成了玉树, 窗以外是彻骨的凉, 彻骨的静, 不见一个生物, 鸟雀们不知藏躲在那里, 雪花密团团的在半空里转。 栖霞那一带的大石狮子, 雄踞在草田里张着大口向着天的怪东西, 在雪地里更显得白, 更显得壮, 更见得精神。 在那边相近还有一座塔, 建筑雕刻, 都是第一流的美术, 最使人想见六朝的风流, 六朝的闲暇。 在那时政治上没有统一的野心家, 江以南, 江以北, 各自成家, 汉也有, 胡也有, 各造各的文化。 且不说龙门, 且不说云冈, 就这栖霞的一些遗迹, 就这雄踞在草田里的大石狮, 已够使我们想见当时生活的从容, 气魄的伟大, 情绪的俊秀。

我们在现代感到的只是局促与匆忙。 我们真是忙, 谁都是忙。 忙到倦, 忙到厌。 但忙的是什么? 为什么忙? 我们的子孙在一千年后, 如其我们的民族再活得到一千年, 回看我们的时代, 他们能不能了解我们的匆忙? 我们有什么东西遗留给他们可以使他们骄傲, 宝贵, 值得他们保存, 证见我们的存在, 认识我们的价值, 可以使他们永久停留他们爱慕的纪念——如同那一只雄踞在草田里的大石狮? 我们的诗人文人贡献了些什么伟大的诗篇与文章? 我们的建筑与雕刻,且不说别的，有那样可以留存到一百年乃至十年五年而值得一看的？我们的画家怎样描写宇宙的神奇？我们那一个音乐家是在解释我们民族的性灵的奥妙？但这时候我眼望着的江边的雪地已经戏幕似的变形成为北方赤地几千里的灾区，黄沙天与黄土地的中间只有惨淡的风云，不见人烟的村庄以及这里那里枝条上不留一张枯叶的林木。我也望得见几千万已死的将死的未死的人民在不可名状的苦难中为造物主的地面上留下永久的羞耻。在他们迟钝的眼光中，他们分明说他们的心藏①即使还在跳动他们已经失去感觉乃至知觉的能力，求生或将死的呼号早已逼死在他们枯竭的咽喉里；他们分明说生活，生命，乃至单纯的生存已经到了绝对的绝境，前途只是沙漠似的浩瀚的虚无与寂灭，期待着他们，引诱着他们，如同春光，如同微笑，如同美。我也望见钩结在连环战祸中的区域与民生，为了谁都不明白的高深的主义或什么的相互的屠杀；我也望见那少数的妖魔，踞坐在跸卫森严的魔窟中计较下一幕的布景与情节，为表现他们的贪，他们的毒，他们的野心，他们的威灵，他们手擎着全体民族的命运当作一掷的孤注。我也望见这时代的烦闷毒气似的在半空里没遮栏②的往下盖，被牺牲的是无量数春花似的青年。这憧憬中的种种都指点着一个归宿，一个结局——沙漠似的浩瀚的虚无与寂灭，不分疆界永不见光明的死。

我方才不还在眷恋着文化的消沈吗？文化，文化，这呼声在这可怖的憧憬前，正如灾民苦痛的呼声，早已逼死在枯竭的咽喉里，再也透不出声响。但就这无声的叫喊已经在我的周围引起怪异的回响，像是哭，像是笑，像是鸱鸮，像是鬼……

但这声响的来源是我座位邻近一位肥胖的旅伴的雄伟的呵欠。在

---

① 此处"藏"或应为"脏"字。
② 遮栏：现通用为"遮拦"。

这呵欠声中消失了我重叠的幻梦似的憧憬，我又看到了窗外的雪，听到车轮下的响动。下关的车站已经到了。

我能把我这一路的感想拉杂来充当我去苏州谈话的资料吗，我在从下关进城时心里计较。秀丽的苏州，天真的女同学们，能容受这类荒伧，即使不至怪诞的思想吗？她们许因为我是教文学的想从我听一些文学掌故或文学常识。但教书是无可奈何，我最厌烦的是说本行话。她们又许因为我曾经写过一些诗是在期望一个诗人的谈话，那就得满缀着明月和明星的光彩，透着鲜花与鲜草的馨香，要不然她们竟许期待着雪莱的玄雀或是济慈的夜莺。我的倒像是鸱鸮的夜啼，不是太煞尽了风景？这，我又转念，或许是我的过虑，她们等着我去谈话正如她们每月或每星期等着别人去谈话一样，无非想听几句可乐的插科与诙谐(如其有的话，那算是好的)，一篇，长或是短，陈腐的勉励或训诲(那是你们打哈欠乃至磕睡①的机会)，或是关于某项专门知识的讲解(那你们先生们示意你们应得掏出铅笔在小本子上记下的)，写了几句自己谦让道歉不曾预备得好的话，在这末尾他鞠躬下台时你们多少间酬报他一些鼓掌，就算完事一宗，但事实上他讲的话，正如讲的人，不能希望(他自己也不希望)在你们的脑筋里留有仅仅隔夜的印象，某人不是到你们这里来讲过的吗，隔几天许有人问。嗄，不错是有的，他讲些什么了？谁知道他讲什么来了，我一句也没有听进去，不是你提起，我忘都忘了我听过他讲哪！

这是一班到处应酬讲演人的下场头。他们事实上也只配得这样的下场头。穷，窘，枯，干，同学们，是现代人们的生活。干，枯，窘，穷，同学们，是现代人们的思想。不要把上年纪的人们，占有名气或地位的人们看太高了，他们的苦衷只有他们自家得知，这年头的

_____

① 磕睡：现通用为"瞌睡"。

荒歉是一般的。

　　也不知怎的我想起来说些关于女子的杂话。不是女子问题。我不懂得科学，没有方法来解剖"女子"这个不可思议的现象。我也不是一个社会学家，搬弄着一套现成的名词来清理恋爱，改良婚姻或家庭。我也没有一个道学家的权威，来督责女子们去做良妻贤母，或奖励她们去做不良的妻不贤的母。我没有任何解决或解答的能力。我自己所知道的只是我的意识的流动，就那个我也没有支配的力量。就比是隔着雨雾望远山的景物，你只能辨认一个大概。也不知是那里来的光照亮了我意识的一角，给我一个辨认的机会，我的困难是在想用粗笨的语言来传达原来极微纤的印象，像是想用粗笨的铁针来绣描细致的图案。我今天所要查考的，所以，不是女子，更不是什么女子问题，而是我自己的意识的一个片段。

　　我说也不知怎的我的思想转上了关于女子的一路。最显浅的原由，我想，当然是为我到一个女子学校里来说话。但此外也还有别的给我暗示的机会。有一天我在一家书店门首见着某某女士的一本新书的广告，书名是《蠹鱼生活》。这倒是新鲜，我想，这年头有甘心做书虫的女子。三百年来女子中多的是良妻贤母，多的是诗人词人，但出名的书虫不就是一位郝夫人王照圆女士吗？这是一件事。再有是我看到一篇文章，英国一位名小说家做的，她说妇女们想从事著述至少得有两个条件：一是她得有她自己的一间屋子，这她随时有关上或锁上的自由。二是她得有五百一年(那合华银六千元)的进益。她说的是外国情形，当然和我们的相差得远，但原则还不一样是相通的？你们或许要说外国女人当然比我们强，我们怎好跟她们比；她们的环境要比我们的好多少，她们的自由要比我们的大多少；好，外国女人，先让我们的男人比上了外国的男人再说女人吧！

可是你们先别气馁，你们来听听外国女人的苦处。在 Queen Anne①的时候，不说更早，那就是我们清朝乾隆的时候，有天才的贵族女子们(平民更不必说了)实在忍不住写下了些诗文就许往抽屉里堆着给蛀虫们享受，那敢拿著作公开给庄严伟大的男子们看，那不让他们笑掉了牙。男人是女人的"反对党"（The Oppose faction），Lady Winchilsea②说。趁早，女人，谁敢卖弄谁活该遭殃，才学那是你们的分！一个女人拿起笔就像是在做贼，谁受得了男人们的讥笑。别看英国人开通，他们中间多的是写"妇学篇"的章实斋。倒是章先生那板起道学面孔公然反对女人弄笔墨还好受些。他们的蒲伯，他们的 John Gray③，他们管爱文学有才情的女人叫做蓝袜子，说她们放着家务不管，"痒痒的就爱乱涂"（Margaret of Newcastle）④。另一位才学的女子，也愤愤的说"女人像蝙蝠或猫头鹰似的活着，牲口似的工作，虫子似的死……"且不说男人的态度，女性自己的谦卑也是可以的。Dorothy Osburne⑤那位清丽的书翰家⑥一写到那位有文才的爵夫人就生气，她说，"那可怜的女人准是有点儿偏心的，她什么傻事不做到来写什么书，又况是诗，那不太可笑了，要是我就算我半个月不睡觉我也到不了那个。"奥斯朋自己可没有想到自己的书翰在千百年后还有人当作宝贵的文学作品念着，反比那"有点儿偏心胆敢写书的女人"风头出得更大，更久！

再说近一点，一百年前英国出一位女小说家，她的地位，有一个

---

① Queen Anne：安妮女王(1665—1714)，英国女王。

② Lady Winchilsea：温切尔西娅夫人，生平不详。

③ John Gray：格雷(1866—1934)，英国诗人，作品有长诗《飞鱼》等。

④ Margaret of Newcastle：纽卡斯尔的玛格丽特，生平不详。

⑤ Dorothy Osburne：奥丝本(1627—1695)；徐译奥斯朋，英国政治家和外交家坦普尔爵士的妻子。她在 1648 年与坦普尔相识，其婚事受到家庭很大的阻挠，到 1654 年终于得成眷属。她在 1652—1654 年间写给坦普尔的书信在 19 世纪发表后，得到文学界的好评。

⑥ 书翰家：书翰，古汉语中书信的指谓。书翰家，即擅长书信体文字的作家。

批评家说，是离着莎士比亚不远的 Jane Austen——她的环境也不见得比你们的强。实际上她更不如我们现代的女子。再说她也没有一间她自己可以开关的屋子，也没有每年多少固定的收入。她从不出门，也见不到什么有学问的人；她是一位在家里养老的姑娘，看到有限几本书，每天就在一间永远不得清静的公共起坐间里装作写信似的起草她的不朽的作品。"女人从没有半个钟头，" Florence Nightingale① 说，"女人从没有半个钟头可以说是她们自己的。"再说近一点，白龙德(Brontë)姊妹们，也何尝有什么安逸的生活。在乡间，在一个牧师家里，她们生，她们长，她们死。她们至多站在露台上望望野景。在雾茫茫的天边幻想大千世界的形形色色，幻想她们无颜色无波浪的生活中所不能的经验。要不是她们卓绝的天才，蓬勃的热情与超越的想像，逼着她们不得不写，她们也无非是三个平常的乡间女子，郁死在无欢的家里，有谁想得到她们——光明的十九世纪于她们有什么相干，她们得到了些什么好处？

说起来还是我们的情形比他们的见强哪。清朝的大文人王渔洋，袁子才，毕秋帆，陈碧城都是提倡妇女文学最大的功臣。要不是他们几位间接与直接的女弟子的贡献，清朝一代的妇女文学还有什么可述的？要不是他们那时对于女子做诗文做学问的铺张扬厉，我们那位文史通义先生也不至于破口大骂自失身份到可笑的地步。他在《妇学》里面说：——

　　近有无耻文人以风流自命，蛊惑士女，大率以优伶杂剧所演才子佳人惑人，大江以南名门大家闺阁多为所诱，征诗刻稿标榜声名，无

---

　　① Florence Nightingale：南丁格尔(1820—1910)，英国女护士，近代护理学和护士教育的创始人。

复男女之嫌，殆忘其身之雌矣。此等闺娃，妇学不修，岂有真才可取，而为邪人播弄，浸成风俗，人心世道大可忧也。

章先生要是活到今天看见女子上学堂，甚至和男子同学，上衙门公司店铺工作和男子同事，进这个那个的党和男子同志，还不把他老人家活活的给气瘪了！

所以你们得记得就在英国，女权最发达的一个民族，女子的解放，不论那一方面，都还是近时的事情。 女子教育算不上一百年的历史。 女子的财产权是五十年来才有法律保障的。 女子的政治权还不到十年。 但这百年来女性方面的努力与成绩不能不说是惊人的。 在百年以前的人类的文化可说完全是男性的成绩，女性即使有贡献是极有限的或至多是间接的，女子中当然也不少奇才异能，历史上不少出名的女子，尤其是文艺方面，希腊的沙浮①至今还是个奇迹。 中世纪的 Hypatia②，Heloise③ 是无可比的。 英国的衣里沙白④，唐朝的武则天，她们的雄才大略，那一个男子敢不低头？十八世纪法国的沙龙夫人们是多少天才和名著的保姆。 在中国，我们只要记起曹大家的汉书，苏若兰的回文，徐淑蔡文姬左九嫔的词藻，武曌的升仙太子碑，李若兰鱼玄机的诗，李清照朱淑真的词，明文氏的九骚——那一个不是照耀百世的奇才异禀。

这固然是，但就人类更宽更大的活动方面看，女性有什么可以自

---

① 沙浮：即古希腊作家沙浮克里斯（Sophocles）的缩写。
② Hypatia：希帕蒂娅（370—415），亚历山大城新柏拉图主义哲学学派领袖和历史上第一位著名的数学家，并以口才、美丽著称于世。
③ Heloise：埃罗伊兹（1098—1164），法兰克福女隐修院院长，神学家和哲学家阿伯拉尔之妻。
④ 衣里沙白：现通用为"伊丽莎白"。

傲的？有女莎士比亚女司马迁吗？有女牛顿女倍根①吗？有女柏拉图女但丁吗？就说到狭义的文艺，女性的成绩比到男性的还不是培**缕**比到泰山吗？你怪得男性傲慢，女性气馁吗？

在英国乃至在全欧洲，奥斯丁以前可以说女性没有一个成家的作者。从衣里沙白到法国革命查考得到的女子作品只是小诗与故事。就中国论，清朝一代相近三百年间的女作家，按新近钱②单夫人的《清闺秀艺文略》看，可查考的有二千三百十二人之多，但这数目，按胡适之先生的统计，只有百分之一的作品是关于学问，例如考据历史算学医术，就那也说不上有什么重要的贡献，此外百分之九十九都是诗词一类的文学，而且妙的地方是这些诗集诗卷的题名，除了风花雪月一类的风雅，都是带着虚心道歉的意味，仿佛她们都不敢自信女子有公然著作成书的特权似的，都得声明这是她们正业以外的闲情本算不上什么似的，因之不是绣余，就是爨余，不是红余，就是针余，不是脂余梭余，就是织余绮余(陈圆圆的职业特别些她的词集叫《舞余词》)，要不然就是焚余烬余未焚未烧未定一类的通套，再不然就是断肠泪稿一流的悲苦字样(除了秋瑾的口气那是不同些)。情形是如此，你怪得男性的自美，女性的气短吗？

但这文化史上女性远不如男性的情形自有种种的解释，自然的趋势男性当然不能藉此来证明女子的能力根本不如男子，女子也不能完全推托到男性有意的压迫。谁要奇怪女性的迟缓，要问何以女权论要等到玛丽乌尔夫顿克辣夫德方有具体的陈词，只须记得人权论本身也要到相差不远的日子才出世。人的思想的能力是奇怪的，有时他连窜

---

① 倍根：现通用为"培根"。

② 此处"饯"字疑应为"钱"字。《清闺秀艺文略》的作者单士趁的丈夫名钱询，故称其为钱单夫人。

带跳①在短时期内发见了狠多，例如希腊黄金时代与近一百五十年来的欧洲，有时睡梦迷糊的长时期一无新鲜，例如欧洲的中世纪或中国的明代。 它不动的时候就像是冬天，一切都是静定的无生气的，就像是生命再不会回来，但它一动的时候那就比是春雷的一震，转眼间就是蓬勃绚烂的春时。 在欧洲从阿里士多德直到卢梭乃至叔本华，没有一个思想家不承认男女的不平等是当然的，绝对不值得并且也无从研究的；即使偶有几个天才不容自掩的女子，在中国我们叫做才女，那还是客气的，如同叫长花毛的鸭作锦鸡，在欧洲百年前叫做蓝袜子，那就不免有嘲笑的意思。 但自从约翰弥勒纯正通达论妇女的大文出世以来，在理论上所有女性不如男性或是女性不能和男性享受平等机会以及共同负责文化社会的生存与进步的种种谬见偏见与迷信都一齐从此失去了根据，在事实上在这百年来女性自强的努力也已经显明的证明女性只要有同等的机会不论在那样事情上都不能比男性不如；人类的前途展开了一个伟大的新的希望，就是此后文化的发展是两性共同的企业，不再是以前似的单性的活动。 在这百年来虽则在别的方面人类依然不免继续他们的谬误，愚蠢，固执，迷信，但这百余年是可纪念的因为这至少是一个女性开始光荣的世纪。 在政治上，在社会上，在法律与道德上，在理论方面，至少女性已经争得与男性完全平等的地位。 在事实上，女子的职业一天增多一天，我们现在不易想像一种职业男性可以胜任而女性不能的——也许除了实际的上战场去打仗，但这项职业我们都希望将来有完全淘汰的一天，我们决不希望温柔的女性在任何情形下转变成善斗杀的凶恶。 文学与艺术不用说，女子是早就占有地位的，但近百年来的扩大也是够惊人的。 诗人就说白朗宁夫人罗刹蒂小姐梅耐儿夫人三个名字已经是够辉煌的。 小说更不用

---

① 连窜带跳：现通用为"连蹿带跳"。

说，英美的出版界已有女作家超过男作家的趋势，在品质方面一如数量。George Eliot①，George Sand②，Brontë Sisters，近时如曼殊斐儿，薇金娜吴尔夫③等等都是卓然成家为文学史上增加光彩的作者。演剧方面如沙拉贝娜，Duse④，Ellen Terry⑤都是人类永久不可磨灭的记忆。论跳舞，女子的贡献更分明的超过男子，我们不能想像一个男性的 Isadora Duncan⑥。音乐，画，雕刻，女子的出人头地的也在天天的加多。科学与哲学，向来是男性的专业，但跟着教育的发展女子的贡献也在日渐的继长增高。你们只须记起 Madame Curie⑦就可以无愧。讲到学问，现在有那一门女子提不起来的。

但这情形，就按最先进几国说，至多也不过一百年来的事，然而成绩已有如此的可观。再过了两千年，我想，男子多半再不敢对女子表示性的傲慢。将来的女子自会有她们的莎士比亚，倍根，亚里士多德，罗素，正如她们在帝王中有过衣里沙白，武则天，在诗人中有过白朗宁，罗刹蒂，在小说家中有过奥斯丁与白龙德姊妹。我们虽则不敢预言女性竟可以有完全超越男性的一天，但我们狠可以放心的相信此后女性对文化的贡献比现在总可以超过无量倍数，到男子要担心他的权威有动摇的危险的一天。

---

① George Eliot：乔治·艾略特(1819—1880)，英国女作家，原名 Mary Ann Evans，开创现代小说心理分析的创作方法，重要作品有长篇小说《亚当·比德》和《织工马南》等。

② George Sand：乔治·桑(1804—1876)，法国女小说家，主要作品有《安蒂亚娜》《康索埃洛》和《魔沼》等。

③ 薇金娜吴尔夫：今通译为弗尼吉亚·伍尔夫，英国著名女作家，代表作《灯塔行》《雅各的房间》等。

④ Duse：杜丝(1858—1924)，意大利杰出的女戏剧演员，20 岁时在那不勒斯主演左拉的《黛莱丝·拉甘》获得空前成功。

⑤ Ellen Terry：特丽(1847—1928)，英国著名女演员，19 岁时因主演莎剧《冬天的故事》初露头角，擅演喜剧和带温柔情感的戏剧。

⑥ Isadora Duncan：邓肯(1877—1927)，美国女舞蹈家。

⑦ Madame Curie：居里夫人(1867—1934)，生于波兰，是著名的法国物理学家、化学家。

但这当然是说得狠远的话。 按目前情形，尤其是中国的，我们一方面固然感到女子在学问事业日渐进步的兴奋与快慰，但同时我们也深刻的感觉到阻碍的势力还是狠活跃的在着。 我们在东方几乎事事是落后的，尤其是女子，因为历史长，所以习惯深，习惯深所以解放更觉费力。 不说别的，中国女子先就忍受了几千年身体方面绝无理性可说的束缚，所以人家的解放是从思想作起点，我们先得从身体解放起。 我们的脚还是昨天放开的，我们的胸还是正在开放中。 事实上固然这一代的青年已经不至感受身体方面的束缚，但不幸长时期的压迫或束缚是要影响到血液与神经的组织的本体的。 即如说脚，你们现有的固然是极秀美的天足，但你们的血液与纤维中难免还留有几十代缠足的鬼影。 又如你们的胸部虽已在解放中，但我知道有的年轻姑娘们还不免感到这解放是一种可羞的不便。 所以单说身体，恐怕也得至少到你们的再下去三四代才能完全实现解放，恢复自然发长的愉快与美。 身体方面已然如此，别的更不用说了。 再说一个女子当然还不免做妻做母，单就生产一件事说，男性就可以无忌惮的对女性说："这你总逃不了，总不能叫我来替代你吧！"事实上的确有无数本来在学问或事业上已经走上路的女子为了做妻做母的不可避免，临了只能自愿或不自愿的牺牲光荣的成就的希望。 这层的阻碍说要能完全去除当然是不可能的，但按现今种种的发明与社会组织与制度逐渐趋向合理的情形看，我们狠可以设想这天然阻碍的不方便性消解到最低限度的一天。 有了节育的方法，比如说，你就不必有生育除了你自愿，如此一个女子狠容易在她几十年的生活中匀出几个短期间来尽她对人类的责任。 还有将来家庭的组织也一定与现在的不同，趋势是在去除种种不必要精力的消耗(如同美国就有新法的合作家庭，女子管家的担负不定比男子的重，彼此一样可以进行各人的事业)。 所以问题倒不在这方面。 成问题的是女子心理上母性的牢不可破，那与男子的父性是

相差得太远了。我来举一个例。近代最有名的跳舞家 Isadora Duncan①
在她的自传里说她初次生产时的心理，我觉得她说得非常的真。在初
怀孕时她觉得处处的不方便，她本是把她的艺术——舞——看得比她
的生命都更重要的，她觉得这生产的牺牲是太无谓了。尤其是在生产
时感到极度的痛苦时（她的是难产），她是恨极了上帝叫女人担负这惨
毒的义务；她差一点死了。但等到她的孩子一下地，等到看护把一个
稀小的喷香的小东西偎到她身旁去吃奶时，她的快乐，她的感激，她
的兴奋，她的母爱的激发，她说，简直是不可名状。在那时间她觉得
生命的神奇与意义——这无上的创造——是绝对盖倒一切的，这一相
比她原来看作比生命更重要的艺术顿时显得又小又浅，几于是无所谓
的了。在那时间把②性的意识完全盖没了后天的艺术家的意识。上帝
得了胜了！这，我说，才真是成问题，倒不在事实上三两个月的身体
的不便。这根蒂深而力道强的母性当然是人生的神秘与美的一个重要
成分，但它多少总不免阻碍女子个人事业的进展。

所以按理论说男女的机会是实在不易说成完全平等，天生不是一
个样。你有什么办法？但我们也只能说到此，因为在一个女子，母的
人格，母性的实现，按理是不应得与她个人的人格，个性的实现相冲
突的。除了在不合理的或迷信打底的社会组织里，一个女子做了妻母
再不能兼顾别的，她尽可以同时兼顾两种以上的资格，正如一个男子
的父性并不妨害他的个性。就说 D，她不能不说是一个母性特强（因
为情感富强）的一个女子，但她事实上并不曾为恋爱与生育而至放弃她
的艺术的追求。她一样完成了她的艺术。此外做女子的不方便当然
比男子的多，但那些都是比较不重要的。

———————————

① Isadora Duncan：即美国现代舞蹈家伊莎多拉·邓肯。
② 此处疑缺一个"母"字。

我们国内的新女子是在一天天可辨认的长成，从数千年来有形与无形的束缚与压迫中渐次透出性灵与身体的美与力，像一支在箨裹中透露着的新笋。 有形的阻碍，虽则多，虽则强有力，还是比较容易克除的，无形的阻碍，心理上，意识与潜意识的阻碍，倒反须要更长时间与努力方有解脱的可能。 分析的说，现社会的种种都还是不适宜于我们新女子的长成的。 我再说一个例，比如演戏，你认识戏的重要，知道它的力量，你也知道你有舞台表演的天赋。 那为你自己，为社会，你就得上舞台演戏去不是？这时候你就逢到了阻力。 积极的或许你家庭的守旧与固执，消极的或许你觅不到相当的同志与机会。 这些就算都让你过去，你现在到了另一个难关。 有一个戏非你充不可，比如说，那碰巧是个坏人，那是说按人事上习惯的评判，在表现艺术上是没有这种区分的，艺术须要你做，但你开始踌躇了。 说一个实例，新近南国社演的沙乐美，那不是一个贞女，也不是一个节妇。 有一位俞女士，她是名门世家的一位小姐，去担任主角。 她只知道她当前表现的责任。 事实上她居然排除了不少的阻难而登台演那戏了。 有一晚她正演到要热慕的叫着"约翰我要亲你的嘴"，她瞥见她的母亲坐在池子里前排瞪着怒眼望着她，她顿时萎了，原来有热有力的音声与诗句几于嗫嚅的勉强说过了算完事。 她觉得她再也鼓不住她为艺术的一往的勇气，在她母亲怒目的一视中，艺术家的她又萎成了名门世家事事依傍着爱母的小姐——艺术失败了！习惯胜利了！

　　所以我说这类无形的阻碍力量有时更比有形的大。 方才说的无非是现成的一个例。 在今日一个女子向前走一个步都得有极大的决心和用力，要不然你非但不上前，你难说还向后退——根性，习惯，环境的势力，种种都牵掣着你，阻搁着你。 但你们各个人的成或败于①未来

---

　　① 于：现通用为"与"。

完全性的新女子的实现都有关连。 你多用一分力，多打破一个阻碍，你就多帮助一分，多便利一分新女子的产生。 简单说，新女子与旧女子的不同是一个程度，不定是种类的不同。 要做一个新女子，做一个艺术家或事业家，要充分发展你的天赋，实现你的个性，你并没有必要不做你父母的好女儿，你丈夫的好妻子，或是你儿女的好母亲——这并不一定相冲突的(我说不一定因为在这发轫时期难免有各种牺牲的必要，那全在你自己判清了利弊来下决断)。 分别是在旧观念是要求你做一个扁人，纸剪似的没有厚度没有血脉流通的活性，新观念是要你做一个真的活人，有血有气有肌肉有生命有完全性的! 这有完全性要紧——的一个个人。 这分别是够大的，虽则话听来不出奇。 旧观念叫你准备做妻做母，新观念并不不叫你准备做妻做母，但在此外先要你准备做人，做你自己。 从这个观点出发，别的事情当然都换了透视。 我看古代留传下来的女作家都有一个有趣味的现象。 她们多半会写诗，这是说拿她们的心思写成可诵的文句。 按传说说，至少一个女子的文才多半是有一种防身作用，比如现在上海有钱人穿的铁马甲。 从周南的蔡人妻作的茉苢三章，召南申人女行露三章，卫共姜柏舟诗，陈风墓门，陶婴黄鹄歌，宋韩凭妻南山有乌句，乃至罗敷女陌上桑，都是全凭编了几句诗歌而得幸免男性的侵凌的。 还有卓文君写了白头吟司马相如即不娶姨太太，苏若兰制了回文诗扶风窦滔也就送掉他的宠妾。 唐朝有几个宫妃在红叶上题了诗从御沟里放流出外因而得到夫婿的(一入深宫里，无由得见春。 题诗花叶上，寄与接流人。)。 此外更有多少女子作品不是慕就是怨。 如是看来文学于古代妇女多少都是于她们婚姻问题发生密切关系的。 这本来是，有人或许说，就现在女子念书的还不是都为写情书的准备，许多人家把女孩送进学校的意思还不无非是为了抬高她在婚姻市场上的卖价? 这类情形当然应得书篇似的翻阅过去，如其我们盼望新女子及早可以出世。

这态度与目标的转变是重要的。旧女子的弄文墨多少是一种不必要的装饰；新女子的求学问应分是一种发见个性必要的过程。旧女子的写诗词多少是抒写她们私人遭际与偶尔的情感；新女子的志向应分是与男子共同继承并且继续生产人类全部的文化产业。旧女子的字业是承认女子无才便是德的大条件而后红着脸做的事情，因而绣余炊余一流的道歉；新女子的志愿是要为报复那一句促狭的造孽格言而努力给男性一个不容否认的反证。旧女子有才学的理想是李易安的早年的生涯——当然不一定指她的"被翻红浪，起来慵自梳头"一类的艳思——嫁一个风流跌宕一如赵明诚公子的夫婿（赖有闺房如学舍，一编横放两人看）过一些风流而兼风雅的日子；新女子——我们当然不能不许她私下期望一个风流的有情郎（易求无价宝，难得有情郎），但我们却同时期望她虽则身体与心肠的温柔都给了她的郎，她的天才她的能力却得贡献给社会与人类。

十二月十五日

秋

一九二九年九月起,徐志摩在南京中央大学谋得一职,在南京与上海之间辛苦奔波。此后,在上海暨南大学作演讲,题为《秋》。

约一九二九年秋作;初收一九三一年十一月上海良友图书印刷公司出版《秋》单行本,文前有编辑者赵家璧写的《篇前》。采自《秋》单行本,赵文附后。

　　两年前,在北京,有一次,也是这么一个秋风生动的日子,我把一个人的感想比作落叶,从生命那树上掉下来的叶子。落叶,不错,是衰败和凋零的象征,它的情调几乎是悲哀的。但是那些在半空里飘摇,在街道上颠倒的小树叶儿,也未尝没有它们的妩媚,它们的颜色,它们的意味,在少数有心人看来,它们在这宇宙间并不是完全没有地位的。 "多谢你们的摧残，使我们得到解放，得到自由。"它们仿佛对无情的秋风说。 "劳驾你们了，把我们踏成粉，踩成泥，使我们得到解脱，实现消灭，"它们又仿佛对不经心的人们这么说。 因为看着，在春风回来的那一天，这叫卑微的生命的种子又会从冰封的泥土里翻成一个新鲜的世界。 它们的力量，虽则是看不见，可是不容疑惑的。

我那时感着的沈闷，真是一种不可形容的沈闷。 它仿佛是一座大山，我整个的生命叫它压在底下。 我那时的思想简直是毒的，我有一首诗，题目就叫《毒药》，开头的两行是——

今天不是我歌唱的日子，我口边涎着狞恶的冷笑，不是我说笑的日子，我胸怀间插着发冷光的刀剑；相信我，我的思想是恶毒的，因为这世界是恶毒的，我的灵魂是黑暗的，因为太阳已经灭绝了光彩，我的声调是像坟堆里的夜鸦，因为人间已经杀尽了一切的和谐，我的口音是像冤鬼责问他的仇人，因为一切的恩已经让路给一切的怨。

我借这一首不成形的咒诅的诗，发泄了我一腔的闷气，但我却并不绝望，并不悲观，在极深刻的沈闷的底里，我那时还模着①了希望。所以我在《婴儿》——那首不成形诗的最后一节——那诗的后段，在描写一个产妇在她生产的受罪中，还能含有希望的句子。

在我那时带有预言性的想像中，我想望着一个伟大的革命。 因此我在那篇《落叶》的末尾，我还有勇气来对付人生的挑战，郑重的宣告一个态度，高声的喊一声——借用两个有力量的外国字——"Everlasting yea"。 "Everlasting yea"， "Everlasting yea"。 一年，一年，

---

① 模着：现通用为"摸着"。

又过去了两年。 这两年间我那时的想望有实现的没有？ 那伟大的《婴儿》有出世了没有？ 我们的受罪取得了认识与价值没有？

我不知道，我不知道。 我知道的还只是那一大堆丑陋的臃肿的沈闷，厌得瘆人的沈闷，笼盖着我的思想，我的生命。 它在我的经络里，在我的血液里。 我不能抵抗，我再没有力量。

我们靠着维持我们生命的不仅是面包，不仅是饭，我们靠着活命的，用一个诗人的话，是情爱，敬仰心，希望。 "We live by love, admiration and hope"，①这话又包涵一个条件，就是说这世界这人类是能承受我们的爱，值得我们的敬仰，容许我们的希望的。 但现代是什么光景？ 人性的表现，我们看得见听得到的，倒底②是怎样回事？ 我想我们都不是外人，用不着掩饰，实在也无从掩饰，这里没有什么人性的表现，除了丑恶，下流，黑暗。 太丑恶了，我们火热的胸膛里有爱不能爱，太下流了，我们有敬仰心不能敬仰，太黑暗了，我们要希望也无从希望。 太阳给天狗吃了去，我们只能在无边的黑暗中沈默着，永远的沈默着！ 这仿佛是经过一次强烈的地震的悲惨，思想，感情，人格，全给震成了无可收拾的断片，也不成系统，再也不得连贯，再也没有表现。 但你们在这个时候要我来讲话，这使我感着一种异样的难受。 难受，因为我自身的悲惨。 难受，尤其因为我感到你们的邀请不止是一个寻常讲演的邀请。 你们来邀我，当然不是要什么现成的主义，那我是外行，也不为什么专门的学识，那我是草包，你们明知我是一个诗人，他的家当，除了几座空中的楼阁，至多只是一颗热烈的心。 你们邀我来也许在你们中间也有同我一样感到这时代的悲哀，一种不可解脱不可摆脱的况味，所以邀我这同是这悲哀沈闷中的同志

---

① 我们依靠爱情、敬仰和希望生活。
② 倒底：现通用为"到底"。

来，希冀万一，可以给你们打几个幽默的比喻，说一点笑话，给一点子安慰，有这么小小的一半个时辰，彼此可以在同情的温暖中忘却了时间的冷酷。因此我踌躇，我来怕没有交代，不来又于心不安。我也曾想选几个离着实际的人生较远些的事儿来和你们谈谈，但是相信我，朋友们，这念头是枉然的，因为不论你思想的起点是星光是月是蝴蝶，只一转身，又逢着了人生的基本问题，冷森森的竖着像是几座拦路的墓碑。

不，我们躲不了它们：关于这时代人生的问号，小的，大的，歪的，正的，像蝴蝶①的绕满了我们的周遭。正如在两年前它们逼迫我宣告一个坚决的态度，今天它们还是逼迫着要我来表示一个坚决的态度。也好，我想，这是我再来清理一次我的思想的机会。在我们完全没有能力解决人生问题时，我们只能承认失败。但我们当前的问题究竟是些什么？如其它们有力量压倒我们，我们至少也得抬起头来认一认我们敌人的面目再说。譬如医病，我们先得看清是什么病而后用药，才可以有希望治病。说我们是有病，那是无可致疑②的。但病在那一部，最重要的是症候是什么，我们却不一定答得上。至少，各人有各人的答案，决不会一致的。就说这时代的烦闷，烦闷也不能凭空来的不是？它也得有种种造成它的原因，它到底是怎么回事，我们也得查个明白。换句话说，我们先得确定我们的问题，然后再试第二步的解决。也许在分析我们的病症的研究中，某种对症的医法，就会不期然的显现。我们来试试看。

说到这里，我们可以想像一班乐观派的先生们冷眼的看着我们好笑。他们笑我们无事忙，谈什么人生，谈什么根本问题，人生根本就

---

① 此处疑缺一个"似"字。
② 致疑：现通用为"质疑"。

没有问题，这都是那玄学鬼钻进了懒惰人的脑筋里在那里不相干的捣玄虚来了！做人就是做人，重在这做字上。你天性喜欢工业，你去找工程事情做去就得。你爱谈整理国故，你寻你的国故整理去就得。工作，更多的工作，是唯一的福音。把你的脑力精神一齐放在你愿意做的工作上，你就不会轻易发挥感伤主义，你就不会无病呻吟，你只要尽力去工作，什么问题都没有了。

这话初听到是又生辣又甘脆的，本来么，有什么问题，做你的工好了，何必自寻烦恼！但是你仔细一想的时候，这明白晓畅的福音还是有漏洞的。固然这时代狠多的呻吟只是懒鬼的装痛，或是虚幻的想像，但我们因此就能说这时代本来是健全的，所谓病痛所谓烦恼无非是心理作用了吗？固然当初德国有一个大诗人，他的伟大的天才使他在什么心智的活动中都找到趣味，他在科学实验室里工作得厌倦了，他就跑出来带①住一个女性就发迷，西洋人说的"跌进了恋爱"；回头他又厌倦了或是失恋了，只一感到烦恼，或悲哀的压迫，他又赶快飞进了他的实验室，关上了门，也关上了他自己的感情的门，又潜心他的科学研究去了。在他，所谓工作确是一种救济，一种关栏，一种调剂，但我们怎能比得？我们一班青年感情和理智还不能分清的时候，如何能有这样伟大的克制的工夫？所以我们还得来研究我们自身的病痛，想法可能的补救。

并且这工作论是实际上不可能的。因为假如社会的组织，果然能容得我们各人从各人的心愿选定各人的工作并且有机会继续从事这部分的工作，那还不是一个黄金时代？"民各乐其业，安其生。"还有什么问题可谈的？现代是这样一个时候吗？商人能安心做他的生意，学生能安心读他的书，文学家能安心做他的文章吗？正因为这时代从

---

① 带：现通用为"逮"。

思想起，什么事情都颠倒了，混乱了，所以才会发生这普通的烦闷病，所以才有问题，否则认真吃饱了饭没有事做，大家甘心自寻烦恼不成？

我们来看看我们的病症。

第一个显明的症候是混乱。一个人群社会的存在与进行是有条件的。这条件是种种体力与智力的活动的和谐的合作，在这诸种活动中的总线索，总指挥，是无形迹可寻的思想，我们简直可以说哲理的思想，它顺着时代或领着时代规定人类努力的方面，并且在可能时给它一种解释，一种价值的估定与意义的发见。思想的一个使命，是引导人类从非意识的以至无意识的活动进化到有意识的活动，这点子意识性的认识与觉悟，是人类文化史上最光荣的一种胜利，也是最透彻的一种快乐。果然是这部分哲理的思想，统辖得住这人群社会全体的活动，这社会就上了正轨；反面说，这部分思想要是失去了它那总指挥的地位，那就坏了，种种体力和智力的活动，就随时随地有发生冲突的可能，这重心的抽去是种种不平衡现象主要的原因。现在的中国就吃亏在没有了这个重心，结果什么都豁了边，都不合式了。我们这老大国家，说也可惨，在这百年来，根本就没有思想可说。从安逸到宽松，从宽松到怠惰，从怠惰到着忙，从着忙到瞎闯，从瞎闯到混乱，这几个形容词我想可以概括近百年来中国的思想史，——简单说，它完全放弃了总指挥的地位。没有了统系，没有了目标，没有了和谐，结果是现代的中国：一团混乱。

混乱，混乱，那儿都是的。因为思想的无能，所以引起种种混乱的现象，这是一步。再从这种种的混乱，更影响到思想本体，使它也传染了这混乱。好比一个人因为身体软弱才受外感，得了种种的病，这病的蔓延又回过来销蚀病人有限的精力，使他变成更软弱了，这是第二步。经济，政治，社会，那儿不是蹉跎，那儿不是混乱？这影响到个人方面是理智与感情的不平衡，感情不受理智的节制就是意气，意气永远是浮的，浅的，无结果的；因为意气占了上风，结果是错误的活动。为了不曾辨认清楚的目标，我们的文人变成了政客，研究科学的，做了非科学的官，学生抛弃了学问的寻求，工人做了野心家的牺牲。这种种混乱现象影响到我们青年是造成烦闷心理的原因的一个。

这一个症候——混乱——又过渡到第二个症候——变态。什么是人群社会的常态？人群是感情的结合。虽则尽有好奇的思想家告诉我们人是互杀互害的，或是人的团结是基本于怕惧的本能，虽则就在有秩序上轨道的社会里，我们也看得见恶性的表现，我们还是相信社会的纪纲是靠着积极的情感来维系的。这是说在一常态社会的天平上，情爱的分量一定超过仇恨的分量，互助的精神一定超过互害互杀的现象，但在一个社会没有了负有指导使命的思想的中心的情形之下，种种离奇的变态的现象，都是可能产生的了。

一个社会不能供给正当的职业时，它即使有严厉的法令，也不能禁止盗匪的横行。一个社会不能保障安全，奖励恒业恒心，结果原来正当的商人，都变成了拿妻子生命财产来做买空卖空的投机家。我们只要翻开我们的日报，就可以知道这现代的社会是常态是变态。拢统①一点说，他们现在只有两个阶级可分，一个是执行恐怖的主体，强盗，军队，土匪，绑匪，政客，野心的政治家，所有得势的投机家都是的，他们实行的，不论明的暗的，直接间接都是一种恐怖主义。还有一个是被恐怖的。前一阶级永远拿着杀人的利器或是类似的东西在威吓着，压迫着，要求满足他们的私欲，后一阶级永远是在地上爬着，发着抖，喊救命，这不是变态吗？这变态的现象表现在思想上就是种种荒谬的主义离奇的主张。拢统说，我们现在听得见的主义主张，除

---

① 拢统：现通用为"笼统"。

了平庸不足道的，大都是计算领着我们向死路上走的。 这不是变态吗？

这种种变态现象影响到我们青年，又是造成烦闷心理的原因的一个。

这混乱与变态的观众又协同造成了第三种的现象——一切标准的颠倒。 人类的生活的条件，不仅仅是衣食住；"人之异于禽兽者几希"，我们一讲到人道，就不能脱离相当的道德观念。 这比是无形的空气，他的清鲜是我们健康生活的必要条件。 我们不能没有理想，没有信念，我们真生命的寄托决不在单纯的衣食间。 我们崇拜英雄——广义的英雄——因为在他们事业上所表现的品性里，我们可以感到精神的满足与灵感，鼓励我们更高尚的天性，勇敢的发挥人道的伟大。你崇拜你的爱人，因为她代表的是女性的美德。 你崇拜当代的政治家，因为他们代表的是无私心的努力。 你崇拜思想家，因为他们代表的是寻求真理的勇敢。 这崇拜的涵义就是标准。 时代的风尚尽管变迁，但道义的标准是永远不动摇的。 这些道义的准则，我们问时代要求的是随时给我们这些道义准则的一个具体的表现。 仿佛是在渺茫的人生道上给悬着几颗照路的明星。 但现代给我们的是什么？我们何尝没有热烈的崇拜心？我们何尝不在这一件事那一件事上，或是这一个人物那一个人物的身上安放过我们迫切的期望。 但是，但是，还用我说吗！有那一件事不使我们重大的迷惑，失望，悲伤？说到人的方面，那有比普遍的人格的破产更可悲悼的？在不知那一种魔鬼主义的秋风里，我们眼见我们心目中的偶像像败叶似的一个个全掉了下来！眼见一个个道义的标准，都叫丑恶的人性给沾上了不可清洗的污秽！标准是没有了的。 这种种道德方面人格方面颠倒的现象，影响到我们青年，又是造成烦闷心理的原因的一个。

跟着这种种症候还有一个惊心的现象，是一般创作活动的消沈，这也是当然的结果。因为文艺创作活动的条件是和平有秩序的社会状态，常态的生活，以及理想主义的根据。我们现在却只有混乱，变态，以及精神生活的破产。这仿佛是拿毒药放进了人生的泉源，从这里流出来的思想，那还有什么真善美的表现？

这时代病的症候是说不尽的，这是最复杂的一种病，但单就我们上面说到的几点看来，我们似乎已经可以采得一点消息，至少我个人是这么想。——那一点消息就是生命的枯窘，或是活力的衰耗。我们所以得病是为我们生活的组织上缺少了思想的重心，它的使命是领导与指挥。但这又为什么呢？我的解释，是我们这民族已经到了一个活力枯窘的时期。生命之流的本身，已经是近于干涸了；再加之我们现得的病，又是直接剋伐生命本体的致命症候，我们怎样能受得住？这话可又讲远了，但又不能不从本原上讲起。我们第一要记得我们这民族是老得不堪的一个民族。我们知道什么东西都有它天限的寿命；一种树只能青多少年，过了这期限就得衰，一种花也只能开几度花，过此就为死（虽则从另一个看法，它们都是永生的，因为它们本身虽得死，它们的种子还是有机会继续发长）。我们这棵树在人类的树林里，已经算得是寿命极长的了。我们的血统比较又是纯粹的，就连我们的近邻西藏满蒙的民族都等于不和我们混合。还有一个特点是我们历来因为四民制的结果，士之子恒为士，商之子恒为商，思想这任务完全为士民阶级的专利，又因为经济制度的关系，活力最充足的农民简直没有机会读书，因此士民阶级形成了一种孤单的地位。我们要知道知识是一种堕落，尤其从活力的观点看，这士民阶级是特别堕落的一个阶级，再加之我们旧教育观念的偏窄，单就知识论，我们思想本能活动的范围简直是荒谬的狭小。我们只有几本书，一套无生命的陈腐的文字，是我们唯一的工具。这情形就比是本来是一个海湾，和大海是相通的，但后来因为沙地的胀起，这一湾水渐渐的隔离它所从来的海，而变成了湖。 这湖原先也许还承受得着几股山水的来源，但后来又经过陵谷的变迁，这部分的来源也断绝了，结果这湖又干成一只小潭，乃至一小潭的止水，胀满了青苔与萍梗，纯①迟迟的眼看得见就可以完全干涸了去的一个东西。 这是我们受教育的士民阶级的相仿情形。 现在所谓智识阶级亦无非是这潭死水里比较泥草松动些风来还多少吹得绉的一洼臭水，别瞧它矜矜自喜，可怜它能有多少前程？ 还能有多少生命？

所以我们这病，虽则症候不止一种，虽然看来复杂，归根只是中医所谓气血两亏的一种本原病。 我们现在所感觉的烦闷，也只见沈浸在这一洼离死不远的臭水里的气闷，还有什么可说的？ 水因为不流所以滋生了水草，这水草的涨性，又帮助浸干这有限的水。 同样的，我们的活力因为断绝了来源，所以发生了种种本原性的病症，这些病又回过来侵蚀本原，帮助消尽这点仅存的活力。

病性既是如此，那不是完全绝望了吗？

那也不能这么容易。 一棵大树的凋零，一个民族的衰歇，决不是一朝一夕的事儿。 我们当然还是要命。 只是怎么要法，是我们的问题。 我说过我们的病根是在失去了思想的重心，那又是原因于活力的单薄。 在事实上，我们这读书阶级形成了一种极孤单的状况，一来因为阶级关系它和民族里活力最充足的农民阶级完全隔绝了，二来因为畸形教育以及社会的风尚的结果，它在生活方面是极端的城市化，腐化，奢侈化，惰化，完全脱离了大自然健全的影响变成自蚀的一种蛀虫。 在智力活动方面，只偏向于纤巧的浅薄的诡辩的乃至于程式化的一道，再没有创造的力量的表示，渐次的完全失去了它自身的尊严以

---

① 此处"纯"字疑应为"钝"。

及统豁①领导全社会活动的无上的权威。 这一没有了统帅，种种紊乱的现象就都跟着来了。

这畸形的发展是值得寻味的。 一方面你有你的读书阶级，中了过度文明的毒，一天一天望腐化僵化的方向走，但你却不能否认它智力的发达，只因为道义标准的颠倒以及理想主义的缺乏，它的活动也全不是在正理上。 就说这一堂的翩翩年少——尤其是文化最发旺的江浙的青年，十个里有九个是弱不禁风的。 但问题还不全在体力的单薄，尤其是智力活动本身是有了病，它只有毒性的载刺，没有健全的来源，没有天然的资养。 纤巧的新奇的思想不是我们需要的，我们要的是从丰满的生命与强健的活力里流露出来纯正的健全的思想，那才是有力量的思想。

同时我们再看看占我们民族十分之八九的农民阶级。 他们生活的简单，脑筋的简单，感情的简单，意识的疏浅，文化的定住②，几于使他们形成一种仅仅有生物作用的人类。 他们的肌肉是发达的，他们是能工作的，但因为教育的不普及，他们智力的活动简直的没有机会，结果按照生物学的公例，因无用而退化，他们的脑筋简直不行的了。 乡下的孩子当然比城市的孩子不灵，粗人的子弟当然比不上书香人的子弟。 这是一定的。 但我们现在为救这文化的性命，非得赶快就有健全的活力来补充我们受足了过度文明的毒的读书阶级不可。 也有人说这读书阶级是不可救药的了，希望如其有，是在我们民族里还未经开化的农民阶级。 我的意思是我们应得利用这部分未开凿的精力来补充我们开凿过分的士民阶级。 讲到实施，第一得先打破这无形的阶级界限以及省分③界限，通婚和婚是必要的，比较的说，广东湖南乃至北

---

① 此处疑为作者笔误,改为"统辖"似更恰当。

② 定住：落后的意思。

③ 省分：现通用为"省份"。

方人比江浙人健全的多，乡下人比城里人健全得多，所以江浙人和北方人非得尽量的通婚，城市人非得与农人尽量的通婚不可。但是这话说着容易，实际上是极困难的。讲到结婚，谁愿意放弃自身的艳福，为的是渺茫的民族的前途上，那一个翩翩的少年甘心放着窈窕风流的江南女郎不要，而去乡村里找粗蠢的大姑娘作配，谁肯不就近结识血统逼近的姨妹表妹乃至于同学妹，而肯远去异乡到口音不相通的外省人中间去寻配偶？这是难的我知道。但希望并不见完全没有——这希望完全是在教育上。第一我们得赶快认清这时代病无非是一种本原病，什么混乱的变态的现象，都无非显示生命的缺乏，这种种病，又都就是直接尅伐生命的，所以我们为要文化与思想的健全，不能不想方法开通路子，使这几洼孤立的呆定的死水重复得到天然泉水的接济，重复灵活起来，一切的障碍与淤塞自然会得消灭——思想非得直接从生命的本体里热烈的迸裂出来才有力量，才是力量。这过度文明的人种非得带它回到生命的本源上去不可，它非得重新生过根不可。按着这个目标，我们在教育上就不能不极力推广教育的机会到健全的农民阶级里去，同时奖励阶级间的通婚。假如国家的力量可以干涉到个人婚姻的话，我们尽可以用强迫的方法叫你们这些翩翩的少年都去娶乡下大姑娘子，而同时把我们窈窕风流的女郎去嫁给农民做媳妇。况且谁知道，我们现在择偶的标准，本身就是不健全的。女人要嫁给金钱，奢侈，虚荣，女性的男子；男人的口味也是同样的不妥当。什么都是不健全的，喔，这毒气充塞的文明社会！在我们理想实现的那一天，我们这文化如其有救的话，将来的青年男女一定可以兼有士民与农民的特长，体力与智力得到均平的发展，从这类健全的生命树上，我们可以盼望吃得着美丽鲜甜的思想的果子！

至于我们个人方面，我也有一部分的意见，只是今天时光局促了怕没有机会发挥，但总结一句话，我们要认清我们是什么病，这病毒是在我们一个个你我的身体上，血液里，无容①讳言的，只要我们不认错了病多少总有办法。我的意见是要多多接近自然，因为自然是健全的纯正的影响，这里面有无穷尽性灵的资养与启发与灵感。这完全靠我们个个自觉的修养。我们先得要立志不做时代和时光的奴隶，我们要做我们思想和生命的主人，这暂时的沈闷决不能压倒我们的理想，我们正应得感谢这深刻的沈闷，因为在这里，我们才感悟着一些自度的消息，如我方才说的，我们还是得努力，我们还是得坚持，我们的态度是积极的。正如我两年前《落叶》的结束是喊一声："Everlasting yea"，我今天还是要你们跟着我来喊一声"Everlasting yea"！

附：赵家璧《篇前》

预告了好久的《秋》，今天终于出版了。只可怜《秋》的作者早不在这丑恶的人间，而已长了翅膀，向无边的宇宙里，自由的翱翔去寻求他的快乐去了。

在这样的一个时代里，我们中华民国，真是万事"豁了边"，这混乱的局面，到近几天来，已渐渐上升于峰点。志摩生前，就是替我们这民族担忧，他就觉到最危险的，是近百年来，中国人民失了中心的信仰，没落了一个握住生活重心的思想。这一个缺点，看到目前国内上下陷于"无办法"的混乱中，更觉得这位诗人的话是不差的。

志摩死了，将来中国文艺界上也许有为他作传记的人，我的那篇《写给飞去了的志摩》，可供给他一些宝贵的材料。志摩在光华教了四年书，他自己也感得与他曾发生过深切的感情，而我那篇文字，十九是完全依据事实，不加半分臆造的。

志摩的《秋》，是前年在暨南大学的讲演稿，从未在社会刊物上发

———————————————

① 无容：现通用为"毋庸"。

表过，这是一篇极美的散文，也可说是他对于中国思想界发表的一点切实可取的意见。原稿在今夏交给我，原题为《秋声》，他说声字不要它，因而成了现在的书名。书后附的英文翡冷翠日记，是最可宝贵的遗作。他的几部日记，完全在济南殉葬，这里几页，是在光华执教时一度录下而发表于学校刊物上者，除了这些以外，其他几千行用心血织成的日记，已完全在党家庄化做了黑蝴蝶，向天空里找寻他主人去了。要是这几本日记留在人间，怕比他所有的著作更值得宝贵呢！啊，我的志摩！

一个诗人

此文原名《我的猫，一个诗人》，是徐志摩一九三零年所作。之后被徐悲鸿读到，徐悲鸿画了一幅《猫》送给他，并在题款中揶揄道："志摩多所恋爱，今乃及猫。鄙人写邻家黑白猫与之，而去其爪，自夸其于友道忠也。"此时，距离两人在上海发生的艺术论战不到一年。

载一九三〇年六月《声色》创刊号；初收一九九五年八月上海书店《徐志摩全集》第八册。

我的猫，她是美丽与壮健的化身，今夜坐对着新生的发珠光的炉火，似乎在讶异这温暖的来处的神奇。 我想她是倦了的，但她还不舍得就此窝下去闭上眼睡，真可爱是这一旺的红艳。 她蹲在她的后腿上，两支前腿静穆的站着，像是古希腊庙楹前的石柱，微昂着头，露出一片纯白的胸膛，像是西比利亚①的雪野。 她有时也低头去舔她的毛片，她那小红舌灵动得如同一剪火焰。 但过了好多时她还是壮直的坐望着火。 我不知道她在想些什么，但我想她，这时候至少，决不在想她早上的一碟奶，或是暗房里的耗子，也决不会想到屋顶上去作浪漫的巡游，因为春时已经不在。 我敢说，我不迟疑的替她说，她是在全神的看，在欣赏，在惊奇这室内新来的奇妙——火的光在她的眼里闪动，热在她的身上流布，如同一个诗人在静观一个秋林的晚照。 我的猫，这一晌至少，是一个诗人，一个纯粹的诗人。

---

① 西比利亚：现通用为"西伯利亚"。

"可以触摸的民国"丛书

侧影系列

现实政治

作者：傅斯年
书号：978 - 7 - 224 - 10134 - 8
定价：32.00 元

关于傅斯年，胡适曾这样说："孟真是人间一个最稀有的天才。……他能做最细密的绣花针工夫，他又有最大胆的大刀阔斧本领。他是最能做学问的学人，同时他又是最能办事、最有组织才干的天生领袖人物。"本书所选的傅斯年关注社会时政、反思国民性以及教育问题的文章，正是对这个评价最好的注脚。

上海下海：上海生活 35 年

作者：［日］内山完造
书号：978 - 7 - 224 - 10208 - 6
定价：28.00 元

1911 年到 1949 年，正是中国社会最动荡的时期，恰此期间，内山完造居于动荡中心的上海。对于内山完造，鲁迅先生说其"廿年居上海，每日见中华"。一个出身日本底层的小人物，在那场战争前后，他身边的日本平民、居于中国的日本人是怎样的状态与心态？在他与那些风云人物的接触中，又有着哪些史书记录之外的有趣细节？

再来跑一趟野马

作者：徐志摩
书号：978 - 7 - 224 - 10272 - 7
定价：28.00 元

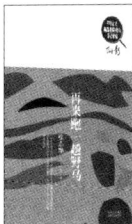

书中轻盈的笔调、飘然的文字、华丽的辞藻、铺张的描写，酣畅地表现了徐志摩"人类应该回归自然，与自然融合"的人与自然和谐相处的观点，其阶级立场和政治观点也显而易见。

人 话

作者：朱自清
书号：978 - 7 - 224 - 10217 - 0
定价：29.00 元

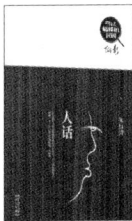

郁达夫说过："朱自清虽则是一个诗人，可是他的散文仍能满贮着那一种诗意。"在《人话》中我们串联朱自清的一生，搭建起他的"忆之路"，感受他在《儿女》中对自己孩子的满怀疼爱，也与他一起在《白马湖》中借着对旧时光、老景致的回忆怀念故人……

我们病了怎么办

作者：徐志摩
书号：978 - 7 - 224 - 10300 - 7
定价：28.00 元

本书中的徐志摩诗化了的散文，是他在与社会现实接触的过程中，"急不可待"的思想与情绪的表达和反映，表现了作者对于自己所生活时代的政治道路和民生民计的思考和触痛。

非法与非非法（即出）

作者：郁达夫

郁达夫的杂文形式灵活，包含抒情、叙事、议论等，在这些嬉笑怒骂而又才情横溢的文字间作者的才情展露无遗。通过郁达夫先生的杂文可以读到历史与现实的观照，文学与生活的冲突，社会与文化的动荡。

废话——废话的废话（即出）

作者：钱玄同

鲁迅评钱玄同散文云："玄同之文即颇汪洋而少含蓄，使读者览之了然，无所疑惑，故于表白意见，反为相宜，效力亦复很大。"本书节选的文章大多有着转弯抹角、拨弄笔头、诙谐讽刺的文字特色，充分展现钱玄同先生赢得文坛一绝声誉的实力。

老实说了吧（即出）

作者：刘半农

刘半农的散文总是能在嬉笑怒骂之间或表现文学与生活的冲突，或表现社会与文化的动荡。灵活多变的形式让读者在最短的时间内获得最畅快的心灵上的收获。

新学系列

民国元年：历史与文学中的日常生活

作者：颜 浩
书号：978 - 7 - 224 - 10236 - 9
定价：42.00 元

社会转型期的日常生活与价值观念怎样变迁，大时代中个体遭际与命运如何？本书把文学引入历史叙述，细腻展现"民国元年"这个历史切片中的民间日常生活。贴近变革时代日常生活的"现场"，回到那一个个普通人中间，去体会他们的忧惧、喜悦与悲伤。

现场系列（即出）

走上不病民不浪费的大路

作者：胡 适

本书是胡适的新闻时政评论选辑，通过这些文章，可以看到胡适先生的思想面貌，了解他对中国之现代化的种种议题的观点和方案，还能带领读者进入"民国"的历史语境现场，再思中国的前途与命运。

总统并非皇帝

作者：邵飘萍

本书选取了邵飘萍遗稿中最具现场感的时评文章，结集成册，体现了民国新闻言论实态。这些记录和反映了当时各种社会政治新闻事件的文章,以时间为序进行编排,也可说是一部"编年体"民国史。

今日政坛,有鬼无人
作者:黄远生

本书是国内首部正式出版的黄远生著作简体点校本,选辑了黄远生的主要新闻作品,按内容主题进行编排,不但反映了黄远生的新闻思想,也刻画出了民初社会政治乱象,是了解民初历史的一手文本。

新青年与新中国(书名暂定)
作者:陈独秀、李大钊等

本书选取《新青年》和《每周评论》中最具现场感与人文关怀的时评文章。从中不仅可以看到民国新闻言论实态,也可以看到近代思想文化运动的面貌,发现"新青年派"在历史发展中起到的重要作用。

细节系列(即出)

郭沫若的 30 个细节
作者:邢小群

本书展示了郭沫若人生长河中的若干侧面,思考了他的文化选择和人格特征,并通过他的人生际遇,反思 20 世纪中国知识分子的生存环境。作者还细致分析了郭沫若如何走上文化战线的前沿、如何从政以及诗人后期的诗作和人格。

徐志摩的 30 个细节
作者:韩石山徐志摩留给后人的遐想猜测极多,对张幼仪的寡义、对林徽因的多情,且又是在创作颠峰时撒手人寰,故而后人评述、争议不断。作者本着客观的原则,对徐志摩的悲情一生有独到的认识和见解,为关心徐志摩的读者提供一份客观记述。

闻一多的 18 个细节
作者:谢 泳

闻一多本着不问世事的态度,却最终为政治所缠绕,成为不屈不挠的民主斗士,最后在昆明被暗杀。本书以闻一多思想脉络的形成和变化为线索,展示了他从一个诗人、一个知识分子到介入政治的变化过程。

萧红的 100 个细节
作者:句 芒

萧红,中国现代著名女作家,被誉为"30 年代的文学洛神"。萧红在三十岁的盛年去世,一生颇具传奇性。本书以关键词为切口,为读者提供一本新思路新形式的萧红传记,重新解读萧红的一生。

其他(即出)

诱降汪精卫秘录
作者:[日]犬养健

犬养健,是日本前首相犬养毅的儿子。1939 年 8 月,日本政府在上海成立了名为

"梅机关"的机构,从事对国民党内以汪精卫、周佛海为首的亲日派的诱降活动,扶植汪精卫成立伪中央政府。犬养健是该机关的主要成员,本书即是亲诉这些诱降活动的若干情况。

"日华和平工作"秘史

作者:〔日〕西义显

本书系日人西义显的回忆录,对其参与的对华"和平工作"的诱降活动做了全面叙述。书中所揭示的某些事实,对我们了解和研究日本的对华诱降活动,提供了可供参考的资料。

1916:袁氏大头贴(书名暂定)

作者:石之轩

这是一本历史探秘、评说类的通俗历史读物。本书索微探隐,对袁世凯称帝的深层原因、动机进行层层剥笋;同时,将袁世凯与王莽、赵匡胤、曹操、华盛顿与、拿破仑进行比较分析,揭示、解说民初社会以及帝王之道与现代民主政治的差异。

公司名称: 北京博闻春秋图书有限责任公司

单位地址: 北京市复兴路甲 38 号嘉德公寓 722 室 100039

开 户 行: 北京银行永定路支行

帐 号: 010 905 124 001 201 021 278 42

税 号: 110 108 774 730 664

联 系 人: 李 震 010 - 88202398 15910795833 QQ:573133603

王 娟:010 - 88203378 13683536993 QQ:934668341

白 静:010 - 88203378 13240478529 QQ:405491947

电子邮箱: bwcq@163.com

公司博客: http://blog.sina.com.cn/bwcq

官方微博: http://weibo.com/bowenchunqiu